KB120110

미안하다, 별들아!

민영진 시집

미안하다,
별들아!

꽃자리

자서전적인 성찰의 길에서

나의 학문적 과업이 본문비평에서 번역학 쪽으로 옮겨졌을 때 김정우 교수는 내가 본문비평에서 보여주던 엄격한 시적 정의 poetic justice가 성경번역을 하는 동안 시적 자유 poetic licence로 바꾸었다고 했다.* 영어 '라이선스'는 "방종"으로도 번역되는 말이기에 듣기에 따라서는 바짝 긴장을 하게 된다. 그러나 그는 성경본문 회복에 그처럼 엄격하던 내가 번역에서는 형식 일치보다는 내용 동등성 번역을 선호하는 것을 보면서 오히려 성경에 접근하는 나의 성숙한 면을 관찰한 것 같다.

김춘수 시인을 만나 나의 설교가 우주적 그리스도론에서 역사적 예수 쪽으로 기울어질 때, 특히 예수 설교에서 김춘수의 예수 시가 자주 인용될 때, 신학 동료들은 나의 신학이 문학에 굴복한 것 아니냐 하는 비판을 서슴지 않았고, 나 역시 부정할 생각이 없었다. 그러나 같은 경향을 놓고서 한 설교자는 "문학과 신학의 상호 수혈"일 수도 있다는 격려를 보내주기도 했다. 이 격려에 대하여 청파교회 김기석 목사에게 감사한다. 나의 설교에서 나 자신이 늘 "영적 소외감"에서 벗어나지 못하고 있다고 지적한 대구성서아카데미 정용섭 박사의 관찰에 대해서도 감사를 드린다.**

세 번째 시집 《초상肖像》은 한 설교자와 교수의 곤경, 그리고 그가 가족을 통해서 받는 위로와 격려를 자서전적으로 성찰하고 반성하는 시들을 모아본 것이다.

2018년 4월 20일
김명현과의 혼인 50주년에
민영진

•   김정우, "민영진 박사의 생애에서 듣는 시적 정의와 시적 자유의 변주곡", Canon & Culture, A Journal of Biblical Interpretation in Context, 제2권 1호(통권3호) 2008년 봄, 사해사본과 본문비평- 민영진 박사 퇴임 기념호, "헌사"

•• 2009년 10월 20일 청파교회에서 있었던 월간 〈기독교사상〉 주최 "나의 설교를 말한다" 세미나에서 논찬자로 나왔던 정용섭 목사와 김기석 목사의 지적에 이러한 의견이 오갔다.

목차

3부 초상肖像

7

4부 성지

1부

피
조
물

밀림

"으르렁!"
무인도인가?
밀림인가?
모두가 낯서네

피조물들이 나를 외면한다
그들은 내가 자기들의 언어를 모른다는 것을
이미 알고 있다
식물도 동물도 바위나 흙도
내게 대화를 시도하지 않는다

그래도
식물과 무생물은
내가 그들과 더불어 있음을 허용한다
동물도 허용된 거리 안에서는
나를 위협하지 않는다
새들도 나를 해치지는 않으나
접근하면 피한다

언젠가는 소통했을 그 언어를
나는 이미 아득한 조상 때부터 잊었다
수화手話를 만들어 시도해 본다
별 효과가 없다
접촉 소통을 시도해 본다
머리를 쓰다듬거나 만지면 즐겁게 반응한다
나무도 식물도 꽃도
얌전한 동물도, 그러나
약육강식弱肉强食에 길들여진 사나운 짐승들은
나의 접근을 허용하지 않는다
그것들은 내가 저희 먹이인지
내가 저희 포식자인지 생각하고 있다
"으르렁!"

사파리

너희도 사람처럼 말하지?
소리로
몸짓으로
표정으로

너희가 글도 쓰던가?
수피樹皮를
긁거나 주둥이로 쪼아
흔적을 남기거나
너희가 다니는 길에
바위를 옮겨놓거나

우리 가운데는
밀림의 소리를 채보採譜하는 이가 있다
우주에 가득 찬 언어를 번역하는 이도 있고
삼라만상에 빼곡히 적힌 글을 해독하는 이도 있고

주파수를 맞추면
들리는 소리, 보이는 모습은
이젠 이미 일상이지만

영원이 시간 속으로 들어오는
계시가 아니고서는
설명이 안 되는 사건도 있지
신화가 아니고서는
묘사가 안 되는 사건도 있지

청둥오리

청둥오리 사원寺院에
모여든 신도들
오리고기 성찬盛饌 받고
맛 찬양 드높다

남자들 허虛 보補하여
양기陽氣 돋우어지기 빌고
여자들 혈血 보補하여
행수行水 원활하기 빈다

오리 한 마리
방안에 가득 차더니
하늘 높은 보좌에 등극하여
신도에게 이른다:
이것은 너희를 위해 흘린 내 피다
이것은 너희를 위해 찢긴 내 살이다
내 피와 살을 먹고 내 죽음을 기억하거라

한 점 씹을 때마다
내가 당신 안에
당신이 내 안에
주문 외우며
협심증 낫기를
심근경색 물러가기를
전립선비대증 없어지기를
고혈압 완치되기를
신장 기능 회복되기를
백내장 벗겨지기를
은혜 충만한 신도들
그 앞에서
빌고 또 빈다

식물의 임종

물은 한 달에 한 번만 듬뿍 주고
집안 햇볕 잘 드는 곳에 놓아두면
집안 공기 맑아진다는 관엽식물 산세비에리아

한 달에 한 번이란 말은 흘려듣고
물 듬뿍 주라는 말만 생각나서
화분에 늘 물 마르지 않게 했더니
꼿꼿하게 뻗었던 잎줄기들,
뿌리 채 뽑혀 하나 둘 실신하여 쓰러진다
시신에 달린 헝클어진 혼백魂帛들이
습지濕地 위에 허옇게 어지럽다

잎줄기들 일으켜 한데 모아 세우고
뽑힌 뿌리들 흙 속에 다시 묻어주었더니
다들 조금씩 기운 차리고 똑바로 서기에
내 원예 솜씨려니 했는데

잎줄기 하나, 저만 몸이 더 탱탱 부어
꺾인 허리가 노랗게 주저앉는다
살며시 일으켜 다시 심어주려는데,
실뿌리마저 몽땅 문드러져 흔적도 없다
화분 속 물기 제 몸속에 다 빨아들이더니,
다른 잎줄기들은 살리고 저는 죽는다
겨우 살아난 잎줄기들은
이 죽은 잎줄기의 새끼들이었나 보다

어미는, 살생 저지른
무지한 내 손바닥에 누워
제 몸으로 빨아낸 물 흥건히 토해내고
마지막 숨을 거둔다

나물

밥상에 오른 각종 나물을 보며
건강에 좋다는 생각은 했어도
이것도 희생제물이려니 하는 마음이 생긴 것은
인생의 막바지에 다다라서야 비로소 깨닫는다
평생 나물에게 신세를 졌으면서도
아끼는 몸속에 넣으면서도
가짓수는커녕 이름도 제대로 모른다

너희가 상에 올라와 그 자태를 드러내도
그게 다 그것이려니 싶어
인사도 제대로 하지 않고
무례하게 입으로 처넣기만 했는데
슈퍼에 드나들면서 너희에게 이름 있는 줄 비로소 알았다
비록 사람들이 지어준 것이긴 해도

냉이
달래
참취나물
돗나물
참나물
씀바귀
곰취나물
머위잎
깻잎
미나리
얼갈이
열무
맛타리
꽈리고추
표고버섯
참다래
어수리나물
새송이
……

셀 수도 없이 많더구나
이제부터는 너희를 내 몸에
고이 모시마

야생화

부레옥잠화, 금낭화, 물봉선화, 모싯대꽃, 노루귀꽃, 등^橙꽃…
이름들이 낯설다
먼 무리 중에 섞여서
저희들끼리 노는 걸
혹 스치다가 무심코 보기나 했을 런지
아예 발길도 뜸하게
눈길도 주어본 것 같지 않은
기억에도 없는 피조물의 이름들
떠듬떠듬, 하나하나, 입에 올려본다

아직도 못다 부른 이름들 많은데
이렇게 한꺼번에 모여 있는
너희를 만나니, 너희 또한 저마다
자태로 색깔로 향기로 온갖 조화로
내게 다가서는 구나

너희들을 눈여겨 볼 때

날 보고 웃어주고,

너희들 위에 누울 때

날 만져주고,

너희들 위를 거닐 때

너희의 향, 내 몸 속 깊게 배게 하니

오랜 병상病床 걷어치우고

정신과처방약 다 버리고, 나도 벌써

너희가 살고 있는 들판에서

한 마리 새끼 치타가 되어 달린다

구름패랭이, 꿩의비름, 말나리꽃, 뻐꾹나리, 솔나리, 금꿩의다리,

천일홍天日紅…

내 이름도 너희들 사이 어디쯤에 넣어볼까

다시 태어나는 날, 한번쯤은

너희들과 함께 야생초이고 싶다

낙화 洛花

당신이 오신다기에
우리가 일제히 우리 몸을 날려
당신이 밟고 오르시는 계단에˙
이렇게 수북이 쌓입니다

참팔라오˙˙ 흰 꽃잎들이
누워서 웃고 있다, 그 옆에
철쭉과 진달래를 닮은
'덕황'˙˙˙ 붉은 꽃잎들도 함께 눕는다

나무에서 하강한 당신들을
손바닥에 모시고
이렇게 한참을 들여다봅니다

거기
당신들의 밝은 웃음이 있습니다
부처님의 엷은 미소가 겹칩니다
강렬한 육감(肉感)이 풍겨옵니다

- • 라오스의 루앙파르방 푸시언덕을 오르는 328 계단
- •• 라오스의 국화(國花)
- ••• 라오스 말로 '덕황'이라고 불리는 꽃, 꽃받침 네 개, 꽃잎 다섯, 꽃술[花蘂]은 10개인
  진홍(眞紅) 색깔 꽃

말리꽃

콩알만 한 꽃봉오리 스무 남은 개
꽃받침도 벗겨낸 꽃 알몸만
바늘 실 꿰어 만든 손목걸이 말리꽃* 사슬
쪽지에는 '굿 나이트' 인사말 적혀 있다
룸서비스에게 고맙다 말하곤,
꽃 사슬 만든 그 정성 아까워 버리지 않았지만
그 꽃 사슬 낯설어 곧 잊었다

화장대 화병에도 하나 가득 열대 꽃,
그 인색한 향내에다
모양 색깔 다 거칠어
눈길 주다 말았다

언제부턴지, 움직일 때마다 향이 스치는데
자기 전 침대 모서리에서도,
아침에 일어나 서성이는 방안 구석에서도
짙은 향기 후각에 맴도는데
향기가 피어나는 진원지를 모르겠다

"당신은 향을 눈으로 맡아요?
그래서 나를 눈으로 찾아요?"

어두운 구석 작은 탁자 가장자리에 꽃 사슬 토라져 있다
오, 너였구나, 미안하다
꽃부리 상하지 않게 엄지와 검지로
눈 가까이 집어 올린다
향이 쏟아진다!
시들면서 향이 더 진하다

내 무딘 손가락으로는 쥘 수도 없이 작은,
너의 어디에서 예수 주변 한 여인이 가져온
앨러배스터 단지** 처럼 향을 토해 내느냐?
그래도, 넌 내 발 곁에 서서 울지는 않는구나
네 눈물로 내 발 적시지 않으니
내가 난처할 일 없고
네 머리털로 내 발 닦지 않으니

내가 당황할 일 없고
네 입술로 내 발에 입 맞추지 않으니
내가 혐의 받을 일 없고
네 향유, 내 발에 발라주지 않으니
내가 의심 받을 일도 없다만•••
그런데 너는 왜 내 몸에 향이 되어 들어오느냐?
너는 벌써 내 방에 가득하고,
너는 벌써 내 혈관 속을 흐르고 있으니,
네가 내 몸에서 안 가본 곳이 어디냐
그러나 정작 네가 있어야 할 곳은
태양이 작열하는 드넓은 평원이거나
해 잘 들고 물 잘 빠지는 기름진 정원이거나
덩굴로 퍼지는 꽃가지 비바람에 스치는 곳에서
너는 향기 되어 바람을 휘몰아
온 누리 구석구석 네 향기 베어들게 해야 하는데
어쩌다가 누구의 손에 꺾여 네 본래 모습 잃고
바늘에 찔리고, 실에 꿰어, 꽃사슬 수갑手匣이 되어
오늘은 또 어느 피의자被疑者의 손목을 채우려고 하느냐?
이 침침한 방구석에 와서 네가 지금
나를 보고 그렇게 웃는 까닭은 무엇이냐?

"날 좋아해도 해롭게 하진 않겠어요, 다만,
내가 어떻게 장미하고
예쁘기를 겨루자고 할 수 있겠어요?
그러나 장미가 나하고 향기를 겨루자고 할까요?"

그래서 어떻다는 거냐?
창백한 너는 점점 더 야위어 가면서, 마지막으로
더 진한 향을 뿜어서 내 마음을 어지럽힌다마는
이제 변색된 너는 곧 흔적도 없이 사라질 것 아니냐?

"나는 내 향을 당신에게 기억시키려고 핀 꽃입니다
나는 당신 속에서 향이 되어 살려고 꺾긴 꽃입니다
나는 지금 이렇게 찔리고 꿰어 멍들어 가면서
향기의 기억으로 당신 속에서 새롭게 피어나고 있습니다"

27

•   태국 산 재스민의 일종
••   누가복음 7:37
••• 누가복음 7:38

꽃 박람회

너희들이 사는 마을로
우리가 너희를 만나러 가든가
우리를 찾아 온 너희를
우리가 귀한 손님으로 맞아야 하는 건데
우리의 권태가 너희를 사로잡아다가 사육하여
이렇듯 혐오스럽게 조작하고서
"아름답다!" 하는구나
유전자 변형이 새 창조라느니
창조능력의 응용이라느니 갑론을박 하는 사이에
너희는 이미 너희에게마저도 낯선 모습으로
조상에게서는 멀어지고 말았구나
너희를 비틀고 구부리고 찌르고 자르고
덕지덕지 분장시켜 진열대에 올려놓고
포주는 너희가 팔려갈 때를 초조히 기다리는 동안
너희는 박람회장 안팎에 달린
꺼지지 않는 불에 데여 시들어 가는구나

너희를 사로잡아온 잔인한 피조물은

너희 시신에서 짜낸 아로마 향에 취해
조명불빛 대낮처럼 가득한 박람회장에서
현기眩氣에 시달려 흑암 속으로 잦아든다

이제 바람이 너희를 고향으로 데려다주면
너희를 망가트리는 손들이 가 닿지 못하는
광활한 대지로,
험준한 산봉우리로,
협곡으로,
단애로
너희를 멀리 멀리 옮겨다주면
사람보다 먼저 이 행성을 찾아 온 너희가
사람보다 개체 수가 더 많이 생육하고 번성한 너희가
다시는 사람의 포로가 되지 않으리라
다시는 사람의 구경거리가 되지 않으리라

나무

밀림의 나무들
말이 없이
늘 저기 저렇게 서 있으려니 생각하지만
장소이동도 못한다고 알고 있지만
태양과 더불어
바람과 함께
때로는 비하고도
한 순간도 소통 그친 적 없고
동작 정지한 적 없지
뿌리들 땅 속에서 또 얼마나 바빴을라고
밤새 생기 머금은 나무는 어제의 모습이 아닌데
더러는 아침에 꽃을 피워, 그 향으로
싫어하는 것 멀리 쫓기도 하고
좋아하는 것 가까이 불러오기도 하지

와인랜드

와인랜드* 못 떠나겠네
포도주 때문에
와인랜드 떠나야겠네
포도주 때문에
약간 어리석은 이는
포도주 너무 마셔 탈이고
많이 어리석은 이는
전혀 안 마셔서 신찬神饌의 즐거움 모른다지만**
너를 너무 탐하여
너에게 푹 빠지기 전에
너를 오용하여
너를 모독하기 전에
서둘러 이 곳 떠나야겠다
해, 달, 별, 비, 바람,
추위, 더위, 흙, 지하수
너를 영글게 하였고,
농부는 네 껍질과 과육
으깨고 발효시켜

액체가 된 너를

수많은 색깔로 물들게 하고

향이란 향은 다 피어나게 하고

온갖 맛 들게 하니

너를 마시는 몸들 속에서

너는 새로운 생명으로

늘 다시 태어난다

• 　케이프타운에서 반경 60 킬로미터 이내에 위치해 있는 "와인 마을"

•• 　사사기 9:12-13

센다이 묵시록

바다 밑 깊은 땅이

바다 위로 솟구쳤다

놀란 바다는 뭍으로 도망쳤고

해변은 도시마다 공허와 혼돈이다*

영원히 꺼지지 않는 불

폐기할 수 없는 "방사능폐기물"

그 이름부터 기만欺瞞이다

4번 천사가

땅위의 모든 방폐물放廢物

대접 하나에 응축시켜 활화산에 던진다

14만 4천배로 위력威力이 늘어난 토사물吐瀉物이 땅을 덮는다

666번 천사가 그것을

드럼통 하나에 다 수거하여

NASA**로 가지고 가서

우주선에 실어

태양을 향해 날려버린다, 벌써

부메랑에 행성 하나 없어지고

한 태양계가 둘둘 말려 흑암 속으로 사라진다

지혜가 노래를 부른다
태초에 수면을 운행하던 그 바람이 불어온다
바람 속에 물방울 하나가 팽창한다
새 하늘 새 땅이다
감추어졌던 생명들이 다시 일어난다

• 　2011년 3월 11일 금요일, 일본 동북해안 미야기(宮城)현 센다이(仙台)시 일대 대지
　　진(大地震) 발생

•• 　NASA 미국항공우주국(美國航空宇宙局), [National Aeronautics and Space
　　Administration].

태초의 물

그것이 인공폭포였는지
자연폭포였는지
구별할 수 없었다
거기 오아시스에서 나는 분명히
한 달 묵은 오염을 씻어냈었는데*

지금 보니
계절은 건기다
산이 깊어보이지도 않는데
그때
대지를 다 적시고도 남을 물이
폭포에서 쏟아졌다
지진
해일
그칠 줄 모르는 여진
붕괴되는 원자로
유출되는 방사능
피폭 이후

치사량이면 치사량, 아니면 아니고
그것 밖에 달리 마실 물이 없어
줄곧 마셨던 물
이젠 죽음만이라도 편안하기를 빌 뿐이었는데
폭포가 즐겁게 노래한다
오아시스가 웃는다

태초의 그 바람을 만나
하늘과 땅을 잉태했던
태초의 물이
무엇인들 못 씻어내겠느냐
무슨 불인들 못 끄겠느냐
왜 지레 포기하느냐

• 일본 동북해안 미야기(宮城)현 센다이(仙台)시 일대 대지진(大地震) 이후 한 달 무렵

2부

가
족

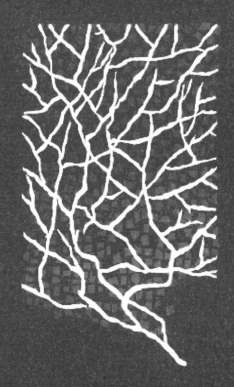

부부

내가 깨어있을 때는
당신은 잠자고 있고
내가 춥다고 창문 닫으면
당신은 덥다고 창문 열고
이렇게 매사에 서로 안 맞는 것 보면
우리는 천생연분
모자이크가 되어 조화를 이루는
부부가 맞나보네

서로 다른 것들끼리 짝이 맞아야
그 조화 아름답다는데
해로 백년에
후손도
색깔 달리
모양도 달리 남겨
모자이크를 넓혀가야 하나보네

손톱 발톱

손톱도 발톱도
아직은 건강하다
이렇게 윤기까지 나는데
예리한 작두에서 잘리는 순간
내 시야 밖으로 순간이동을 하는 놈들이 있다
그러나 얼마 후
방을 닦는 아내에게
하나하나 모조리 잡힌다

"여보! 또 발톱!"
"이건 손톱이고!"
"신문지 좀 넓게 펴고 깎으라니까!"

방청소할 때마다
잘려나가 궤도를 이탈한 내 시신의 일부가
구석구석에 지뢰처럼 깔려 있으니까
여자는 이것 때문에 남자가 밉다
이럴 때마다 내 고등학교 동창 중에

또 한 명이 불구가 된다
이미 여자에겐 빛바랜 너스레지만

"여보, 당신도 알지 그 친구,
거 왜 가끔 그 모임에 나오는 그 키 큰 친구
요즘, 손톱 발톱이 다 빠졌대
면역력 결핍증이라나 뭐라나
병원에서도 원인을 모르겠데, 멀쩡했잖아,
손톱 발톱이 없으니까
손가락도 발가락도 제 구실을 못하고
폐인廢人 같아 보여"

쉬

서서 오줌 누는 피조물*에게
어느 날 여자의 명령이 떨어진다
"이제부턴 앉아서 싼다"
유순한 피조물은 그날로 변기에 앉기 시작했다
방광은 1/2밖에 열리지 않고
남자는 걸을 때마다 잔뇨殘尿를
옷에 찔끔찔끔 지린다
가끔은 잠이 덜 깬 채로
한밤중에 버릇대로 변기 앞에 다가가 용감히 선다
방광을 시원하게 다 비운다
다시 막 잠이 들려고 할 때
변기에 빠진 여자의 외마디 비명
남자는 자기가 무슨 실수를 했는지 안다
일보면서 깔개 올려놓는 배려는 하면서
여자를 위해 깔개를 다시 제자리로 내려놓는 것
가끔은 잠결에 잊어버려
공동주거 공간 평화가 잠시 위협을 받는다
항복하고, 조심하겠다고 하면 되는 걸

기어코 한 마디 하는 남자

"여보, 당신, 내 친구 김 아무개 알지?
비만이라고 걱정하던
그 친구 요즘 소변을 못 본대
터질 듯 마려운데 안 나온다나?
그런데 정신을 차리고 보면
바지가 다 젖어있다나 뭐라더라?"

• 사무엘상 25:22 "서서 오줌 누는 종자("one who urinates against a wall")"

알파와 오메가
- 혼인 45년*

여자를 만나
오늘의 내가 되고
시간에서 맺어진
연이지만
영원이 시간을 스칠 때마다
번쩍이는 섬광
그 만남
알파 이전 인연이었던가
그 연분
오메가 이후까지도 이어지는 것일까
찰나 속에서도
영원 전과 영원 후를 왕래하네

* 혼인 45년(1968. 4. 20- 2013. 4. 20)

동행(2)

– 아내의 71회 생일에

우주선 함께 타고
인터스텔라 넘나든다
다른 행성들에서는
시간 속도가 어떤지 궁금하네
어느 날 우리에게서 교신 끊기면
우리 두 사람 웜홀 지나
다른 우주로 간줄 아세요
44 01 03 아내가
이웃별에서
빛을 타고 지구로 온 날
만년 새댁은
오늘도 어김없이
거울 앞에 앉아서
자화상을 다듬는다

만물의 어머니
– 아내의 72회 생일에

하나님의 숨
흙에 닿아 한 점 혈육
우주 바꾸고 몸 바꾸어
다른 하늘 다른 땅에서
일흔 두 해
이전 것 다

잊을 수 있었기에
듣고 본 것
다 지워버릴 수 있었기에
날마다 새 하늘 아래서
늘 새 땅 위에서
정신 놓지 않고
허락받은 수명을
나무처럼 살고 있다
그 아래에서는
어린 나무들이
하늘로 가지 뻗고
땅속으로 뿌리를 내리고 있다.

어깨

"여보, 내게 기대!"
이렇게 반세기를 살아온 줄 알았는데
아내의 어깨는 이제껏
남편의 무게를 떠받치고 있다
자식들 짝지어 내보내고도 노심초사
독일로 미국으로 그렇게 짐 싸 나르더니
다들 제자리 잡아 이제 좀
물류 수송 그치나 싶었는데
손자손녀들 복에 겹다는 아내는
길 멀다 짐 무겁다 하지 않고
어깨에 메고 두 팔에 들고 길 나선다
아무도 눈여겨보지 않는 일상사
당연하게 여겨 고맙다는 말이 피차에 어색한가
덜커덩, 덜커덩, 내 낡은 바퀴가
아직도 굴러가는 것은
자주 감싸 안지도 못하는
저 작은 어깨에서
마지막까지 소진되는 견인력 덕분일 터

가나에서

- 혼인 48년

물 항아리에는
늘 생수가 넘쳤다
물 긷는 손이
평생 부지런 했다
지나가는 길손들
물을 찾으면 물이고
술을 찾으면 술이었다
사람들은
그 항아리에 담긴 것이
곱게 빚어진 술이라고도 했고
금방 길어온 단물이라고도 했다
오장육부가 다 씻겨나간다고도 했고
취기가 돈다고도 했다
가나에서
어느새 48년
한 번도 생수 그친 적 없고
연한 금빛 포도주
동난 적 없네

2016년 4월 20일
명현이 만나 혼인한 지 48년
지나고 보니 우리가 살아온 고장이
서대문, 용산, 대전, 예루살렘,
애틀란타, 종로, 은평,
과천, 성남, 용인, 강남 그 어디든
모두가 우리의 첫 마을 "가나" 아니던가!

원복 原福

680420
960517
970819
무슨 비밀번호 같아 보인다고?
여섯 자리 숫자 조합 필요할 때는 쓸 수 있지
생년월일 같아 보인다고?
그건 쉽게 도용되지
무슨 날짜 같아 보이는 이것
비번으로는 아주 안전한 번혼데도
사람들은 그 용도로는 이걸 잘 안 쓰더라
잊고 사는데 익숙해진 탓일까?

갈릴리 가나에 들러 혼례 치르고, 둘을 얻었는데
그 둘이 제각기 짝 만나더니
그것들이 또 둘씩 책임지는구나

나는 이 지구행성에 태어난 몇 번째 사람일까?
매일 몇 사람이 세상에 태어나고 몇 사람이 세상을 떠날까?

BBC 방송이 제공한

http://www.bbc.com/news/world-15391515를 방문하여

안내 따라 자기 생년월일 적어 넣으면

UN 인구국人口局이 계산한 결과가 금방 나온다

아직은 우리나라에서 매 시간

28명, 가고

54명, 오니

5천만이 당분간은 유지되겠지만

오는 이들 팍 줄어들 인구절벽이 빙하처럼 다가온다니

육체肉體가 받은 원복原福이 위태롭네!

사울 언덕

기브앗 샤울* 이정표 따라

회한의 벽 더듬는다

심을 식樜 돌림 자 앞에 히브리 이름 하나 얹어

싸브라** 한 놈 키우고 싶었는데

달 못 채우고 세상에 나와서

단 한 번 크게 울었던 너는

우리 곁에서 하루도 함께 있지 못하고

침묵의 땅으로 내려갔다

예루살렘 시청이 마련해준 성지의 땅 한 뼘 얻고 보니,

행려병사자行旅病死者 묘역이더라

'우리 아이 행려병자 아니라'고,

착한 묘 자리 달라고 사정도 해 보다가,

성지聖地에서 그만한 땅도 어디냐 싶은 생각에

그것만도 감지덕지感之德之란 생각이 들어

더는 떼를 못 썼다

장부출가생불환丈夫出家生不還***만

주문처럼 비장하게 외우며

지어미 만삭滿朔 못 살핀

학위열병學位熱病이 널 앞세우고 말았다

시공세계時空世界 한 평생

바람 타고 떠돌다가

학위증 폐품 될 무렵에서야

네가 잠든 묘혈墓穴 찾았지만,

너는 이미 순례巡禮 행려行旅들 더불어

흙으로 돌아가고

네 다음으로 숨을 거둔 다른 육신들이 안식하고 있더라

네가 누웠던 이 무덤이

너의 영원한 집이 아니었다

창조주 품안에 감추어진 너를

다시는 여기에서 찾지 않으마

- • 예루살렘 서남쪽에 있는 공동묘지, 번역하면, "사울 언덕"
- •• 선인장 열매, 팔레스타인에서 태어난 유대인을 일컫는 말
- ••• 장부출가생불환(丈夫出家生不還) "사내대장부는 집을 나가 뜻을 이루기 전에는 돌아오지 않는다"는 뜻. 매헌 윤봉길(1908~1932) 의사가 남긴 어록

추모

수의랄 것까진 아니어도
헝겊 한쪽이라도
널 내손으로 감싸주었어야 했는데
숨 거둔 네 몸에 향을 넣어주진 못했어도
널 말갛게 씻어 새 옷 입혀 보냈어야 했는데
비록 아비 어미 이역만리 나그네 길이었어도
한 조각 땅이라도 구해
거기에 널 잠재웠어야 했는데
인큐베이터 안에서 숨을 거둔 널
행려병사자行旅病死者로 분류한
예루살렘 시청 위생과의 그 배려만도 고마워
엉겁결에 작별의 몸짓도 못하고
어린 널 영안실 직원 손에 맡겨
낯선 이들 사이에 널 눕히고 말았구나
강산이 한 번 바뀌고 나서 와보니
이젠 흔적마저 없는 너
여기 기브앗 샤울 공동묘지
흙 속에, 바람 속에, 물속에, 열기 속에서

너는 원소로 분해되고
짧은 시간 속에서 맺은 인연만
속세의 인연으로 남은 이 기억
널 따라 망각의 세계에 묻힐 때나 끊어지려나
아직도 너는 성장을 멈춘 채
왔던 그대로 우리에게 머물러 있구나
이 아빠의 마음이 아무리 비통해도
평생 입 다문 네 엄마의 마음에야 어찌 비하겠느냐만
예루살렘시청위생과 청사 벗어나
마하네예후다*, 북적이는 재래시장 한 복판
거기 서 있는 유래도 모를 검은 대리석 기념비 하나
우리를 위로하는 조문객弔問客이려니 그것 붙잡고
심장에 화살 맞은 짐승처럼
중인환시리에 대성통곡한 것 말고는
내가 네게 해준 것이 아무것도 없구나!

54
54

* 예루살렘 유대인 지역 재래시장. 1970년대에 광장 부근에 예루살렘 시청 위생과 건물이 있었다.

모종

자리를 옮긴다
생명들이
다른 곳에서 뿌리 내리려고
작은애들 내외는 시카고에서 살림 시작했고
십여 년 후
저희들 자라던 서울로 와서 잠시 뿌리를 내리다가
또 모종 때가 되었나보다
이번에는 루마니아 부카레스트로 옮겨 앉네
하임이 나임이는
여기 도곡동이 첫 모판이지
땅의 흙먼지 빚어 사람 만드셨으니
이 행성에서
다른 흙, 낯선 먼지가 어디 있겠느냐,
하나님이 너희 안에서 숨 쉬고 계시니
생명은 기쁜 것
거기에서도
푸르게 푸르게 자라거라

손자

조각처럼 빚어진 아이야,
아비의 출발질료^{出發質料}* 가지고
어미의 조소^{彫塑} 솜씨가 만들어 낸
너는 하나님이 쓰셔서 우리에게 보내주신
한 편의 시^{詩}로구나
중학생이 된 네가
다기능 전자 투명 패션 손목시계
가지고 싶어 할 꺼라고 지레 짐작했는데
정작 네가 고른 것은
검정 가죽 줄의 흰색 문자반^{文字盤}
시침과 분침만 있는
간단하고 아담한 복고풍 손목시계였다

"할아버지, 저는요, 심플한 것이 좋아요."
네가 초등학교졸업선물로 선택했던
아이팟나노5세대 MP3와는 너무도 달라
너의 선택 경향을 짐작 못한 할아버지는
널 한참 더 연구해야 할 것 같다

•　출발질료(出發質料 starting substance)-다른 어느 것보다 일찍 창조되어 다른 피조물
의 재료(材料)가 되는 피조물, 예를 들면, "흙"이나 "물"이나 "바람" 같은 것

손녀

유치원 다니는 손녀
내 서재로 들어와 제 할아비 무릎에 앉아 서랍을 연다
새 카드 뭉치 들어있는 서랍 정확히 여는 것 보니
가끔은 열어본 것 같다
고를 것도 없는 똑같은 성탄과 새해 카드 뭉치에서
뭐 별다른 것이라도 찾아내려는 듯
한참 뒤적이는 제스처는 제 어미 몸짓이다
거실로 나가 마룻바닥에 엎드려서
검정색 볼펜과 파란 색연필 들고
카드에 뭔가를 끼적이는 거려니 했는데
내게 쑥 내밀곤 도망치듯 나가버린 아이의
알파벳 조합은 그대로 포이에마˙ 하나

유진이가 할아버지에게
1 할아버지 안녕하세요.
2 메리 크리스마스.
3 할아버지 사랑해요.
4 오래, 오래 사세요.

5 고맙습니다.
6 우리 할아버지 장하네.
7 개 조심하세요.**
8 파이팅
9 알라뷰
10 구래잇***

Eujin

꼭 열 마디로 맞추고
거기에 아라비아 숫자를 붙인 것
그리스어 라틴어 영어에서 비롯된 들어온 말을
우리말에 함께 섞은 것
끝에 Eujin이라고 서명한 것
카드 겉면에
해, 구름, 산, 물고기가 함께 어우러지는
자연을 담은 우표 하나 그려 넣은 것

그 밑에 "민유진"이라고 발신자 이름 한글로 적은 것
다시 보니 실험實驗 시詩 같기도 하네
여섯 살 백이 머릿속에는
제 할아비 감동시킬 표현 만들어 내는 천부적 소프트웨어
거기에 벌써 최신 문서작성기 하나 들어 있네

• 그리스어 '포이에마'는 "걸작(傑作)". 문자적 의미는 "시(詩)". '포이에테스'는 "시인
   (詩人)"
•• 어린 아이 입에서 신탁(神託)을 듣다니! 일찍이 바울 사도께서도 빌립보 교회 성도들
   에게, 개 조심하라고 경고했는데(빌 3:2), 그 경고를 할아버지가 어린 손녀에게서 듣
   는다.
••• 들온말: Merry Christmas, Fighting, I love you, Great

편지
- 둘째 손녀를 보던 날

당신 품에 안고 있던 딸
예쁘게 키우라고 우리에게 맡기시니
우리 몸에 하나님 모시듯
불모不毛의 품에 당신을 품습니다
어린 당신이 요람에 누워있네요
당신이 우리 곁에 누우심은

우리 죄 용서하시고
우리와 함께 계시겠다는
당신의 편지 아닌가요
이 종, 평생 죄인으로 살겠지만요
용서 받을 수 없지만요
모처럼, 당신의 황송한 사연事緣
몰래 읽습니다

족보
- 할아비가 대필한 손녀의 말

할아버지 서재 책꽂이에
귀엽게 생긴 아주 쪼끄만 나무상자가 하나 있어요.
오래 전부터 거기 있었던 것 같은데
서재에는 볼 게 하도 많아서
이건 내가 오늘 처음 보았어요.

"할아버지, 이거 뭐야?"
"응, 그거 족보 상잔데."
"족보?"
"그래, 열어봐."

열어본다.
한자로 적힌 한지韓紙 족보두루마리가
말린 채 보관되어 있다.

"이런 게 다 뭐야?"
"족보라니까.
우리 민 씨 조상 일세一世 할아버지로부터 시작해서

윗대 어른들 이름을 죽 적은 거지.

지금 네 할아버지 할머니는 이십팔세二十八世,

큰아빠 큰엄마는 이십구세二十九世,

병윤이 오빠, 유진이 언니는 삼십세三十世,

너희하임, 나임 아빠 엄마도 큰아빠처럼 이십구세二十九世,

그 다음에 하임이 나임이도 오빠 언니처럼 삼십세三十世,

이제 하임이 커서 시집가면 하임이는 남편 족보에도 오르게 되지,

하임이가 엄마가 되면 아기 이름도 거기에 오르게 되는 거지….”

할아버지에게 종이를 달라고 해서 가위로 자르고 오려 붙여서 두루마리를 만든다. “아빠 엄마 이름, 내 이름하고 나임이 이름은 쓸 수 있겠는데, 오빠 언니 이름 민병윤, 민유진도 쓸 수 있겠는데….”

“할아버지, 큰아빠 큰엄마 이름 어떻게 써요?”
“응, 이렇게 쓰지. 민경식, 이지희”

할아버지 할머니 이름 적었다.
큰아빠 가족 이름 다 적었고
우리 가족 이름도 다 적었다.
할아버지, 자, 이거 내가 만든 족보!

아이들아,
하임이와 나임이가
어미와 아비가
그동안 걸어 온 살얼음판 말고도
다 같이 한 번, 혹은 두세 번은
더 넘어야 할 험산 준령
지나가야 할 죽음의 그늘 골짜기,
그 무렵엔 우리가
너희들 곁에 함께 있지 않을 터
아이들아, 너희가 걸어 온 길이
생명하임* 만드신 그분의 섭리 아니겠느냐
너희의 만남이 그분이 베푸신 은혜나임** 아니겠느냐
너희 모두가 그분의 자비와 긍휼의 태胎에서

줄줄이 자매와 형제로 태어났으니 •••
너희에게 생명ʰᵃⁱᵐ 주신 분 찬양하거라
너희가 받은 기쁨ⁿᵃⁱᵐ은 함께 나누거라
살아있는ʰᵃⁱᵐ 모든 것, 사랑하며,
즐겁게ⁿᵃⁱᵐ 사귀며, 기쁘게ⁿᵃⁱᵐ 섬기거라
함께 울고 "웃지 마세욧!" •••• 함께 아파하며

함께 웃고 "울지 마!" 서로 다독이며
우리 새끼들,
더불어 사는 온갖 이웃에게 복이 되거라
Be a blessing to others! •••••

- • "하임" – "생명"을 뜻하는 히브리어(시 16:11a)
- •• "나임" – "기쁨", "은혜"를 뜻하는 히브리어(시 16:11b; 시 135:3)
- ••• 마태복음 23:9
- •••• "하임"이가 뜨거운 그릇에 손이 닿아 뜨겁다고 우는 모습이 귀여워서 아빠, 엄마, 할아버지 할머니가 모두 큰소리로 웃었더니, 언니 우는 걸 보고, 덜컥 겁이 난 동생 "나임"이가 언니 아픈 것 걱정하면서, 저 보기에는 어른들의 웃는 행동이 적절하지 못하다고 판단하고, 아빠와 엄마에게, 할아버지와 할머니에게, 지금이 웃을 때냐고, 그런 생각 없는 행동은 삼가야 하는 것 아니냐고 나무라듯 크게 내지른 외마디 소리. "웃지 마세욧!" 그 무렵 "나임"이 다섯 살이었던가?
- ••••• 현대 영어 번역 CEV, NIRV, NLT "다른 이들에게 복을 끼치는 사람이 되거라."

3부
—

초 肖
상 像

확신과 불신

'확신' 같은 건 내겐 없는 체험이다
아직 잠이 덜 깬 새벽에
억지로 일어나 앉은 아이에게는
막 잠이 몰려오는 늦은 저녁에도
잠을 참아야 하는 아이에게는
하루 두 차례
찬송 한 장 부르고 성경 한 장 읽고
돌아가며 기도하고 주기도로 마감하는
가정예배가 고역이기만 했던 시절,
어머니 아버지 따라 찬송 부르다가 아이는 음치가 되었고,
글을 모를 때는
아버지 어머니 따라 들은 대로 되뇌고
한글 익히고 나서는『개역』을,
한문 배운 다음부터는『국한문』을 읽었다
『선한문』은 음독音讀 피하고 뜻을 풀어 읽어야 했다

사택이 교회였으니,
거기에서 먹고 자고,

따로 교회를 다닌 것도 아니다

말을 알아듣던 어느 날, 어머니가 아들에게 하는 말,

"널 임신하고 나서 아들이면 목사로 바치겠다고 서원했다"

고등학교 때 아버지가 아들에게 하는 말,

"넌 신학대학 가서 구약학을 전공해라"

어디선가 종교를 묻는 빈칸에

아이가 주저하지 않고 '기독교'라고 쓴 것은

아는 종교가 달리 더 없었기 때문이다.

대학원에서 구약학을 전공한 아이는, 어느 날,

한 교회의 목사가 되어 있었다.

한 아내, 두 아들을 앞에 두고, 다 큰 아이는 선언한다.

"우리 대에는 가정예배 없다!"

처음 믿었을 때 가졌던 '확신'• 이라지만,

아이에게는

믿음이 시작된 그 '처음'이란 것이 없다

삶의 '끝자락'에서도 '처음' 그대로

'확신'도 '불신'도 늘 한 몸에 두 얼굴이다.

아버지 어머니를 시간을 내어 확인할 필요가 없듯이

하나님도 그 아이에게는 증명의 대상이 아니었다

•   히 3:14

풀 뜯는 설교자

어느새 나는
햇볕 내려 쪼이는 한낮에
마른 뼈들이 널려 있는
적막한 곳에 홀로 서 있다
사방이 조용하다
이곳 이름이
처음부터 킬링필드˚는 아니었지
비옥한 계곡이
사망의 골짜기로 바뀌는 동안
나는 귀먹고 눈먼 짐승 흉내를 냈지

그랬더니 이렇게 조용할 수가!
절규의 메아리마저 오래 전에 사라지고
밤마다 나를 괴롭히던 이명耳鳴마저
어디론가 가버렸네?

아무 소리도 안 들린다
(귀를 막았는데 소리가 어떻게 들려)

마른 뼈들이 하는 말도**
마른 뼈들에게 할 말도***
들려오지 않는다
(귀를 막았는데 소리가 어떻게 들려)

여전히 귀먹고 눈먼 짐승은
무덤에서 돋는 연한 풀
그것 뜯어먹으려고
아무 데나 주둥이를 박는다
입이 말은 못해도,
포식 기능은 왕성하다

•   에스겔 37:1-2
••   에스겔 37:7, 11c
•••   에스겔 37:12

날 건드리더라

그가 날 찾아온다면
그때까지의 삶을
나는 정리하고
그의 사람이 되어야 하리라

다행히도 그동안은 몇 번
그가 그냥 날 툭 치고만 지나갔었지
그런데도
그때마다 오랫동안 나는
익숙한 모국어가 서툴러지고
들려오는 언어는
언어학계에도 알려지지 않은
국적 없는 언어들이다

그렇게

그가 나를 희롱戲弄하는 동안

몽롱한 상태에 빠지는 나는

밀려오는 메시지를

도저히 언어로 바꾸질 못한다

나는 어휘를 잊어버리고

청중에게 익숙한 구문론이나 문법을 지킬 힘마저 잃는다

그나마 받아 써 본 몇 줄은

오기투성이고…

이렇듯

내 설교는

늘 모국어를 배반한다

볼모

나는 예비 된 양이었는데,
애잔한 목소리로 태어났어도
들려온 메시지를 전달해야 하는
광야의 포효咆哮였어야 했는데,
볼모로 잡혀온 이후부터는
스스로 실성失聲하여
침묵한 덕분에
운 좋게도 도살만은 피했는데
직무를 유기하고도
이 제물祭物
세상에서 환대까지 받으며
목숨을 부지하고 있구나

대제사장

열두 지파 이름 새긴 두 보석
두 어깨에 하나씩 메고,
이름 하나씩 새긴 열 두 보석
가슴에 따로 품는다
한 해에 한 번 혼자서 그분을 감당해야 하는 지성소
몇 해를 더 시은좌施恩座 앞 드나들다

깨달음에 이르면
같이 풀 뜯던 양들 곁 떠나
홀로 걷는 광야 길이
멈출 수도, 뒤돌아설 수도 없는 골고다 길임을 그는 안다
끝내 낭떠러지로 밀리는 그 순간이 올 터
그렇게 광야를 걷는 동안, 아직 살아있는 동안에
그는 자기의 죽음을 미리 추모한다
도살장으로 끌려가는 소를
들귀신의 제물이 되어 끌려가는 염소를

봄앓이

캠퍼스의 봄 향기
숨 쉬는 동안은 피할 길 없다
한 학기 내내
알레르기에 시달린다
송화 가루
게스트하우스 침실까지 찾아와
날 간질인다
아카시아 향은 그렇게 오래
날 희롱하고도 성이 안찼는가?
꽃 다 시들은 줄 알았는데
초여름 바람에 묻어오는
잔화殘花의 여독이 맵다
학기말 되어
봄 향기, 그 파상 공격 끝났으려니
무장해제했는데
오늘 후문 담장 곁 그늘에 주차하다가
쥐똥나무에 잠복한
마지막 봄꽃향기의 기습에

후각이 그대로 노출된 나는
시방 위독하다

강변 산책

사람 옆에 사람 있고
흐르는 강 따라 사람들이 걷고
먼 산은 마을을 감싸주고
잠시 구름 걷힌 하늘
해, 달, 별,
비, 눈, 서리, 바람, 물,
산, 언덕, 흙,
생물, 무생물,
길짐승, 날짐승, 들짐승, 집짐승,
곤충, 하루살이, 온갖 균,
강과 바다, 물속 피조물,
온누리 암수, 남녀노소
만물 지으신 이의
긍휼, 자비, 은총 찬양하는
합창 들려오는 강변

사진

뼈가 살로 덮여있고
살은 옷으로 입혀있고
옷은 액세서리로 치장되어있고
'뽀샵'으로 완성된
이게 사진이지

진찰실 모니터에 뜬
엑스레이 두상頭像
이 골조骨組가 나라고?

골육이 흙이 되어
먼지로 흩날릴 때
혼백은 태초의 그 바람에 실려
물위를 감돌다가
어느 빛을 만나 다시 찍힐, 그러나
아무도 몰라 볼 또 다른 사진
하나

기억과 이별하기

분명 술래잡기 놀이라고 생각했었는데,
그래서 나는 기꺼이 술래 역할 맡겠다고 눈을 감았었는데,
내가 눈을 떴을 때는,
내 가까이에 숨어 있었어야 할 너희들이
나만 남기고 다 어디론지 떠나버렸더라
너희들 말고도,
간다는 말도 없이 이미 숱한 기억들이,
진작부터 하나 둘씩 내 곁을 떠나고 있었지
너희들이 머물러 있던 시간은 멈추어 섰고,
너희들이 저장되어 있던 공간은 텅 비어있다
최근까지 나하고 숨바꼭질을 하던
마지막 기억 하나,
바삐 길 떠날 채비, 하고 있는 것 같다
온다간단 말도 없이
어디론가 잠깐씩 사라졌다간 나타나고,
그렇게 나타났다가는
또 내 스마트 폰이 가닿지 못하는 곳으로
사라지곤 하기를 자주 한다.

그때마다 토막난 기억들을 따라가 보면,
암실인 듯 절벽인 듯 거기에 미아 하나 있다

그런 기억이 요즘엔 날 찾아와 꽤 오래 머물면서 서재와 서고를
말끔히 정리한다. 강의록, 강연원고, 성경공부 교재, 설교 원고,
따로 따로 모아 파일박스에 넣어 가지런히 날짜 별로 정리하여
내가 으레 앉는 테이블 맞은 편 서가 잘 보이는 쪽에 배가한다.
노트북 파일도 정리한다. 저장된 파일 정기적으로 일일이 백업
할 필요 없이 입력할 때마다 동시에 저장되는 안전한 공간이 있
다면서, 확장된 내 외장 두뇌를 '클라우드'에다가도 연결하고,
'드롭박스'에다가도 연결하여, 연장된 뇌에 입력되는 자료가 확
대된 뇌에 자동으로 동기화되도록 한다. 혹시 구름 속, 무인배
달상자드롭박스 속에 저장된 기억도 바이러스에 감염되어 손실될
수 있다면서, 백업파일 따로 만들어 바다로 가는 갑문, '시게이
트' 외장하드에다가도 간직한다.

그만 하면 됐다.
갈 때가 되면 어제든지 떠나거라

너도 피조물인데,

네 용량 늘고 줆이

내 젊은 날에 창조주 기억 못하게 방해한 적 없고,

네 기능 줄고 늚이

내 늙마에 창조주 망각하도록 부추긴 적도 없으니까.

수목장

2016년 3월 1일,
35년 된 무덤 열어 헤치고
한 아버지와 두 어머니의 유골 추려
세 분 함께 화장하고
그 재, 여기 흙에 다시 묻고
흙 위에 나무 심어 길표 만든다

당신들이 생전에 만들어 두었던
두 아들 내외의 빈 무덤도 없앴다

이제부터 나무들 더 가져다 심으면
이 무덤grave은
숲grove으로 되살아나
사람들에게
생전生前과 사후死後의 안식처로 남겠지
우주 떠돌던 먼지
이 태양계의 한 행성에서
사람 몸을 입었고,

살았고,
그리고
이렇게 묻힌다
다시
먼지 되고
바람 되어
땅 위를 구르며, 날며
들풀 돋게 하고
들꽃 피게 하리라

문패 門牌

평생 기록해온 자료
노트북에 들어 있는 너
기껏 100 기가바이트도 안 되는데
그래도 내가 숨 쉬는 동안만은
부지런히 너를 찾으마
그러나 널 붙잡아두려고
망각을 거부하는 이 치열한 저항도
내 기억이 한 때 살았던
이 행성에 있는 동안뿐이리라

하늘 기운氣運에 풀 마르고 꽃 시들어˙
흙이 흙으로 돌아가면˙˙
삶의 흔적 기억과 기록으로 남아있다 해도
입김이고 속임수일 뿐˙˙˙
이 둘을 다 저울에 올려놓아도
아무런 무게도 없으려니
나도 없고 너도 없는 '스올' 입구에
내 이름 석 자 적힌 문패門牌 달 일 없을 터

날 떠난 너
흙과 물에서 노닐다가
문득 바람 속에서
낯익은 먼지 하나 만나거든
옛날 옛적이었다고 해라

• 이사야 40:7
•• 창세기 3:19
••• 시편 62:9

생일유감

생년生年에 몰년沒年이 붙으면
묘비는 비로소 완성되지

사람들이 내 이력 정리할 때부터
가족들이 내 생일에 의미를 첨가할 때부터
나는 길 떠나기 좋은 날을 빌기 시작했다

몇 해째,
마지막 생일은 해마다 왔고
유예된 집행은 날짜도 뜻도
이미 내 것이 아니어서
더 집착할 것도 아니다

에티오피아가 벌레들 날개 치는 소리 가득한 땅(사 18:1)이란 표
현이 저주詛呪 받은 땅이란 말인지, 무농약無農藥 청정淸淨 지역이
란 말인지, 육해군陸海軍의 수가 하늘을 새카맣게 덮은 날벌레처
럼 많다는 말인지, 항구를 드나드는 수많은 무역선貿易船의 돛들
이 펄럭이는 모습을 가리키는 말인지, 문자 그대로 곤충昆蟲들

날개 치는 소리가 요란한 곳이라는 말인지, 날벌레들의 대 이동
이 하늘을 가려 땅이 캄캄해지는 광경을 볼 수 있다는 것인지,
택일擇一이 어렵다. 여러 의견이 다 가능할 수 있다는 편한 답변
이 내가 할 수 있는 최선이다.

질문에 대한 나 혼자만의 대답보다는
여러 주석가들의 서로 다른 견해를 이해할 때
말씀 세계 함께 지나는 소통의 길이 트이더라
금년 생일에도,
아직 답변 못다 한 메일 속에는
우답愚答을 너그러이 헤아리는 현문賢問들이 들어 있을 터

이 작업도 힘겨울 때는
당신 품에 안기렵니다

이정표

눈 감으면
이정표가 보이곤 했다

내가 눈을 감았었나, 떴었나
감았다고 안 보이고, 떴다고 보이던가
감고 뜸이 보는 데는 상관없지*

방향표지 따라 걸었든
눈감고 다른 이들에게 묻어 다녔든
중력에 나를 맡겼든
눈을 떠보면, 거기엔 으레
나보다 앞서 와서 표시해 놓은 그의 흔적이 있다

길이 갈라질 때마다
그 흔적 애써 해독하기보다는
자유와 방종이 즐겁기만 한
한 마리 짐승은 문명에 길들여지고 있었다
이제는 되돌아갈 시간도 없는 먼 길

빗나간 좌표, 뒤늦게 확인한다

마지막 행선지로 뜬 눈 감고 갈 때는
날 이끌고 갈 사자^{使者}
그분 앞, 법정 피고석에 날 데려다 앉힐 텐데
이제 와서 새삼 순종할 이정표 찾는데서야, 쓰겠느냐

•   민수기 24:3 tm 의 뜻-"감다" 혹은 "뜨다"

장례

아직 숨 쉬고 있으면서
제 장례 치러달라고, 조르는 후배가 있었다
"임종예배?"
"이미 했잖아요"
"장례 미리 치러달라고? 죽으면서까지 장난쳐?"
"내 장례식 내가 보고 싶어요"
"그건 네 소관 아니야"
"죽은 사람 소원도 들어준다는데, 산 사람 소원 못 들어줘요?"

망자 없는 장례식이 있었다
"장사葬事한 지 사흘 만에" 그는 죽었다

아직 숨 쉬고 있으면서
친구 상사喪事 날 때마다
자기 장례 치루는 별종別種도 있다
자기를 고인이라 여기고
자기를 염하는 것도 지켜보고
자기를 입관하는 것도 지켜보고

자기를 보내는 장례 예식도 지켜보고
자기를 하관하는 것도 지켜보고
자기를 묻는 것도 지켜본다
귀신 곡할 노릇이지
유체이탈에
망자의 신원확인마저 헷갈리게 하니

장지에서 돌아와서
그날 일기에 적는다

메멘토모리, 카르페디엠
초상집에 가는 것이 잔칫집에 가는 것보다 더 낫다.
살아 있는 사람은 누구나 죽는다는 것을 명심하여야 한다.*

• 전도서 7:2

미안하다, 별들아!

밤하늘의 별,
가까이에서 반짝이기는 것은 밝고
멀리 떨어져 있는 것은 흐리다
우리 몸의 구성물질이
빅뱅 때 별에서 흩어져 나온 진분塵氛이라고도 하는데

어떤 별은 안 보일 때가 있다
어떤 별은 때로 늦게 뜬다
멀어지고 가까워지고,
숨고 나타고 하는
너희들 하나하나의 궤적軌跡을 알지도 못하면서
안 보이면 빗금 하나 긋고
늦게라도 나타나면 다른 빗금 하나 더 긋는다
빛으로 말하는 너희의 언어를
우리는 이해하지 못하는구나
너희에게서 나오는 빛의 색깔을 관찰하여
나이를 계산하거나
거리를 잰다 해도

이것들이 너희의 등급일 수는 없는데,

그런데도 우리는 약속된 기호를 적는구나

A+ A0 A-,

B+ B0 B-,

C+ C0 C-,

D+ …

이런 관찰 기록이 너희를 보는 우리 시력의 변덕일 수 있다는

걸

어항 속에서 내다보는 굴곡 된 상像이라는 걸 우리는 안다

너희가 합창하던 우주의 새벽에

태초에 거기에 함께 있지도 않았던 우리가

너희를, 상대相對든 절대絕對든, 이렇게 평가하다니

미안하다, 별들아

스승의 날

내가 한 때 스승이었다고
매해 이때마다 나를 찾아오는 당신들을 보면
주님께서 랍비들에게 꾸중하신 말씀 생각난다:*

교수들은 저마다 제 전공분야에서
학문적 권위를 인정받은 이들이다
그렇기 때문에 교수들이 한 "말"은
학생들이 고려할 만하나
교수들의 "행실"을 따라서는 안 된다고 하셨다
교수들은 "말"만 하지,
말한 것을 "실행"하지 않는다고
교수들은 무거운 짐은 묶어서
남의 어깨에 지우기는 해도
짐을 옮기는 데에는
손가락 하나 까닥하지 않는다고
교수들은 과시욕이 강하여
알록달록한 학위 가운을 걸치고 교정을 활보하고
잔치에서는 상석에 앉으려 하고

모임에서는 윗자리에 앉기를 좋아하고
거리에서는 인사 받기 좋아하고
"교수님!", "박사님!" 하고 불러주면
좋아하는 무리들이라고
교수들은, 제발, 박사니 교수니 하는
호칭 듣기를 좋아하지 말아야 한다고
우리에게 교수는 하늘에 계시는 그분 한 분뿐이시고
우리는 모두 그의 학생이기 때문이라고 하셨지

• 마태복음 23:2

선생

감신대학 75학번 홈커밍
초대받은 다섯 노교수들 사이에
나도 끼어 있다
나도 한 때 그들의 선생이었었다고

우리 주님 말씀에
제자가 선생보다 낫지 못하다* 하셨지만
스무 해만에 당신들을 보니
주님 말씀하곤 다르다

부탁받은 덕담 한마디 하고 보니
제 버릇 못 버린 옛 선생
당신들이 여전히 학생인줄 알고
일장 훈시를 해버리고 말았으니 미안할 뿐이네

당신들이 선생 안 닮고,
제자가 선생보다 더 나음을 보여주니
청출어람靑出於藍이란 말 옳아

못난 선생이어도 괘념치 않는다

우린 모두 학생이고
선생님은 오직 한 분 하나님뿐이라고 하신
주님의 말씀••
애써 선생 되려 하지 말라고 한
사도의 충고•••
오늘따라 더욱 사무친다

• 마태복음 10:24
•• 마태복음 23:8
••• 야고보서 3:1

해인사 첫 방문

사람 참 무심하다
아무리 예수교인이기로서니
먼 이국땅에서 태어난 것도 아닌데
여행을 싫어하는 성미라면 또 몰라
나라 안팎 쏘다니기 좋아하는 사람이
이 땅에서 태어나고
여기서 자라서
이렇게 늙는 몸이
환갑이 다가와서야
가야산 대가람大伽藍
팔만대장경 안치된
법보종찰法寶宗刹 해인사海印寺를
이제야 찾아오다니
이래도
부처님 날 반기실까?

그나마 불교권 독자를 위한
해설성경편집위원*에라도 끼어

보련사** 방문하고

『불설부모은중난보경佛說父母恩重難報經』 만나

작은 깨우침 큰 감격 평생 남는데

오늘부터 독경讀經 시작하려고

여기 와서 가져간다

『화엄경華嚴經』

『금강경金剛經』

• 세계성서공회연합회(世界聖書公會聯合會 The United Bible Societies) 안에 있는 불교권
  (佛敎圈) 독자를 위한 해설성경편집위원회. 동남아시아(East Asia South Asia)가 불교
  권이므로 두문자(頭文字 acronym)를 따서 EASA 본문위원회라고도 한다.

•• 홍콩 란타우 섬에 있는 사찰 보련사(寶蓮寺)를 방문하여 그 지역의 불교에 대해서
  듣고, 그 지역의 일반 독자들에게 세계성서공회연합회가 만든 불교권 독자를 위한
  해설 성경을 읽혀보고, 그 효과를 측정하는 실습 현장.

장수 長壽

무두셀라가 969세를 살았다고
놀라거나
의아疑訝해 하면서도
작품과 함께
더불어 살고 있는 피조물의 수명은
잘 세어보지 않는다

모세와 엘리야와 예수를
한 사람이
같은 시간에
같은 곳에서 만난다

블랙홀이니 웜홀이니 하는
우주의 지름길 아니어도
공간이 굽고
시간이 휘어
내 선조와 내 후손과 내 후손의 후손이
아직 태어나지도 않은 세대까지 포함하여

내가 감상한 같은 작품 앞에 설 때는
시간차만 있었을 공간은 같은 공간
우리끼린 서로 못 만났어도
다른 차원에서는 관찰자들이
우리가 같은 시공에서 함께 오가는 것을 볼 터

표류

들려온 태초의 메시지
사람의 언어로 옮기니
신탁이다

입으로 전달하던 말
글로 적어 편집하니
본문이다

육신 입은 로고스는
어떤 장르에도
다는 담기지 않는가

한 언어에서 다른 언어로 옮겨도
번역은
말씀의 빙산일각氷山一角일 터
번역자는
오늘도
의미의 바다를 표류한다

질긴 배추 속빈 무

아무리 좋은 양념에
정성껏 버무리고
발효시키고 숙성시켜도
질긴 배추, 속 빈 무로 담근 김치는
그 이름만 빌린 무늬일 뿐이다

어머니는 아들더러
질긴 놈이라고 걱정하셨다
아버지의 꾸중 속에서
아들은 언제나 골 빈 놈이었다

자폐가 되어버린
질긴 배추 속빈 무,
아직도 베어들지 못하고 겉도는
흥건한 양념

양념 맛 덕분에
덜 익은 김치 씹어도

밥 한 그릇 다 비운다

지가 저를 씹는다

한 가지도 없는 내가

적어도 여덟 가지 중에
한 가지는 있어야
한 가지 복은 받을 수 있는 것 아닐까

나는

마음이 가난하지도 않다
슬퍼하지도 않는다
온유하지도 않고
의에 주리지도, 목마르지도 않고
자비하지도 않고
마음이 깨끗하지도 않고
평화를 이룩한 경력이 있는 것도 아니고
의를 위하여 박해를 받은 일도 없다

그런데도,

내가

그의 나라에 초청을 받고
그의 위로를 받고
그의 땅에 살고 있고
그의 접대에 배부르고
그의 자비 내게 늘 넉넉하고
그의 옷자락 가득 찬 우주에서 늘 그를 뵙고
그의 자식이 되어
그의 나라 시민 대접을 받다니

여덟 가지 중
어느 한 가지도 온전히 갖추지 못한 내가
어쩌다 이런 복을 받는가

떠나기 딱 좋은 날

큰아이 네 식구 아직은 다 가까이 살고 있다.
아직 군 입대 전 손자는 대학 다니고 있고
손녀는 대입 준비에 여념이 없는 고2다
루마니아의 작은아이 네 식구 어린 두 딸 데리고 일시 귀국,
보름동안 우리와 함께 있다

아내가 혼자 사용하는 화장실
세면대 도관^{導管} 삭은 것 갈아 끼워주면
우선 내가 지금 당장 할 일은 다 한 것 같다
나는 지금 어머니의 향년 77년을 막 지나고 있다
아버지가 누린 삶 87년을 따른다면
아직 10년은 더 남았지만
문득, 아들, 며느리, 손자, 손녀 가까이에서 다 만날 수 있는
흔하지 않을 오늘 같은 날을 맞고 보니
"떠나기 딱 좋은 날"이라는 생각이 든다
서재 정리하고,
끝이 안 보이는 파일 정리는
힘닿는 데까지 하다가 말거고

미지의 세계로 떠나는 여행준비는 진작부터 시작했지만
어쩌면 창조주는 이 피조물에게
시간을 체험하고 영원을 넘보는 감각을 주셨을까?

"거기에서는 어떤 언어를 쓰나?"
아직도 내 사유 속에는
공간이 있고 언어가 있네

거기에서 내가 어떤 모습일까?
애기, 소년, 소녀, 청년, 중년, 노년, 동물, 식물, 사물…
아직도 내 사유 속에는
시간이 있구나

시공時空이 없는 차원
성쇠盛衰나 흥체興替가 있을 리 없는
영원무궁 세계일 텐데

새 하늘, 새 땅

올 때는 울면서 왔었습니다만
돌아가는 날은
당신을 부르며 갈 것입니다

당신께서 오라 하실 때
쇠약해진 이 몸 당신 품에 안기어
깊은 잠, 푹 들게 하여 주십시오

잠에서 깨어나
옆에 당신 계신 것 뵐 때에
마음은 극락으로 가득 찰 것입니다*

새 하늘, 새 땅
새 사고, 새 언어
새 몸, 새 생명
새 집, 새 마을
새 사람, 새 사귐

당신이 옆에 계시는 그 곳
내가 다시 눈뜨는 그 새벽은
새 세상에서 맞는
새 날의 시작입니다

• 시편 17:15

범일동 아이

미군군수품을 실은 기차는
하얄리아 캠프* 가까운 범일동**을 지날 때부터
속력을 줄인다
기다리던 아이들은 앞 다투어 기차 위로 오른다
(때로는 먼저 오른 녀석의 뒷발길질에 기차길옆 수렁에 빠져
하얄리아 캠프의 점심을 놓친 아이는
제 몸에서 나는 악취 때문에
며칠 동안 헛구역질에 시달리기도 하지만)

기차가 부대 쪽으로 다가가면
기차가 철조망 지나 부대 안으로 들어가기 직전
우르르 뛰어 내린 아이들은
취사장에서 흘러나오는 수채로 달려가
도랑 양쪽에 힘센 서열대로 엎드려
두 팔 뻗어 물컹한 액체 속을 휘저어 먹거리를 낚는다
이빨 한가한 주둥이들이 바쁘게 손을 핥는다
아, 텅 빈 여물통과 가득 찬 여물통의
이 즐거운 해후解逅라니,

달리는 기차에서 미처 못 뛰어내린 굼뜬 아이는
이미 부대 안으로 들어선 기차에서 내리지도 못하고
군수품 도둑으로 몰려 문초를 받고 나서
구금이 끝나는 늦은 밤이 되어서야 부대 밖으로 내팽겨진다
난생 처음 영어 문초를 받으며
통역이란 것이 있다는 것을 안 아이는
나중에 커서 성경 번역자가 되었다

113

•   부산진구 초읍동 52만 8000㎡ 규모의 하얄리아 부대(Camp Hialeah) 부지. 2006년
    8월 10일 공식 폐쇄 행사를 마치고 미 '하얄리아 부대'가 부산진구를 떠났다. 부산
    주둔 56년만이었다. 8.15 광복의 진주군(進駐軍)으로 부산에 왔던 때로부터 치면 61
    년 세월이다. 2010년 1월 27일 미 하얄리아 부대가 그 부지를 부산시에 반환하였
    다.
•• 범일동(凡一洞)은 지금은 부산광역시 동구에 소속된 법정동. 1951년 1.4 후퇴 때 우
    리 가족이 피난 갔던 곳.

하얄리아* 캠프

사람 사는 땅이었는데
길이 왜 없었겠으며
하늘이 왜 없었으랴만
땅만 보고 먹이를 찾는 어린 짐승에게,
세상은 다만
하얄리야 캠프 취사장에서 흘러내리는 '와디'
그 수채가 전부였다
'빠다'** 냄새 흐르는 도랑 양쪽에는
주둥이가 긴 피조물들이 힘센 순으로 도열하여
수채로 흐러 나오는 '만나'와 메추라기를 기다렸다
빵, '치즈', '햄', '소시지', '비프', '에그', '샐러드'
'수프', '밀크', '쥬스', '커피'…
이것들이 범벅이 되어 흐르는 구정물 속에는
이미 약속된 대로
따지 않은 깡통,
밀폐된 자루에 담긴 고기,
열지 않은 우유,
뜯지 않은 커피

뜯지 않은 설탕이
무엇인지 다 모를 새것들이
잠수함처럼 유유히 흘러내렸고
앞줄에서는 '바게쓰'●●●에 그것들을 퍼 담아
재빨리 대열을 벗어났다
줄 끝자락에 엎드린 아이는
운이 좋으면 소시지나 햄 건더기를 건져
한가한 이빨을 대접했다
줄 맨 끝에 엎드린 아이에게도
앞줄에서 먹다 남긴 "국물"이 남아 있지만
늦게 가면 그것마저도 없다
그때부터 애들은 "국물도 없다"는 말을 쓰면서
더욱 부지런히 식당 앞 수채로 모여들었다

일찍 대열을 빠져나간 어깨들은
국제시장 바닥에서

'빠다'에 김치 섞은 "부대찌개"를 만들어 돈을 벌었다

1.4후퇴 그 무렵, 하얄리아 부대의 꿀꿀이죽이
"부대찌개"의 원조다
환도還都 후에도 범일동 아이는 가끔 이불 속에서
두 팔을 펴서 꿀꿀이죽을 손으로 퍼서 핥는다

- 부산진구 초읍동 52만8000㎡ 규모의 하얄리아 부대(Camp Hialeah) 부지. 2006년 8월 10일 공식 폐쇄 행사를 마치고 미 '하얄리아 부대'가 부산진구를 떠났다. 부산 주둔 56년만이었다. 8.15 광복의 진주군(進駐軍)으로 부산에 왔던 때로부터 치면 61년 세월이다. 2010년 1월 27일 미 하얄리아 부대가 그 부지를 부산시에 반환하였다.
- ‥ butter 버터
- ‥‥ bucket, 양동이, 들통

안녕, 비엔티안

분번, 분탄, 시찬*, 날라다**
고생들 많았다
난들 왜 좀 더 살갑고 싶지 않았겠냐만
더 가까이 갈 수 없었던 것은
내가 너희 땅에 묻히고 싶지 않은 까닭을
너희에게 말할 수 없어
그냥 나그네 길 지나가고 싶었을 뿐이다

아프지 말아라
공짜 병원이 있으면 뭐하냐
다치지 말아라
의사가 있고
약품이 있고
의료 시설 갖추어야 병원이지

메콩강 강바람을 안아라
널 어루만지는 손길이 아니더냐
흐르는 물은 네 젖줄이고

강물은 네 혈관에 연결되어 있더라
생명의 원천이 따로 있겠느냐
강둑에는 철따라 온갖 열대과일도 열리고

너희들과 함께 나눈 그 숱한 식탁
내가 즐겨 먹는다고 너희가 좋아하던
너희가 아무리 가르쳐 주어도
아직도 미처 그 이름도 못 익힌
온갖 야채들이 바로
너희를 치료하는 약재藥材더라

• 　라오역 성경 개정작업에 처음부터 끝까지 같이 했던 번역실 실무자들
•• 　라오역 성경 개정 작업하는 동안 기도로 참여했던 평신도

영진 永珍

안녕, 비엔티안 永珍 *,
한 번쯤은 다시 오리라

지난 7년 동안
너는 내게 비단결처럼 부드러웠다
'비어라오'**는 네가 내게 준
첫 선물

모자라지도 넘치지도 않았던
한결같은 미소
우기에도 건기에도
언제나 너는
내 곁에 가까이 있었다
열대과일에 폭 빠질 때는
미안했다 널 잠시 멀리 했었어

한국의 영진 永珍은
라오스에서는

제 이름을 영진永珍으로 소개했다

원주민들은 나를

'아잔 비엔티안'Mr. Vientiane이라고 불렀고

• 　라오스의 수도 "비엔티안"의 한자(漢字) 표기
•• 　라오스 생산 대표 맥주

4부

성지

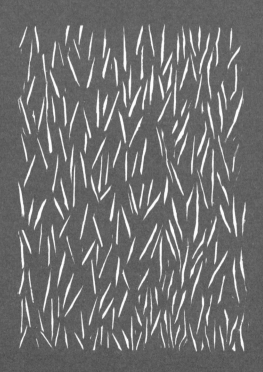

베들레헴

요셉이 마리아 나귀에 태우고
나사렛에서
사마리아,
예루살렘 거쳐
베들레헴까지 걸어 간
사 백리 광야길

그 가족 길 떠나기 한 해 전
페르시아의 점성가들
탄생할 메시아 뵈러
낙타 타고 나섰던 사막 길 1만리

여인은 가축들이 지켜보는 앞에서
아기를 안전하게 해산하고
요셉은 아들을 여물통에 고이 누이고
목적지에 다다른 페르시아의 점성가들은
메시아를 경배한다

1972년 7월
대한항공 타고
도쿄에서 에어프랑스 갈아타고
아테네 공항에서 잠시 쉬었다가
텔아비브 벤구리온 공항 거쳐
예루살렘까지는 버스 타고
다시 거기에서 승합차로
하늘 길 이 만리
베들레헴에 이르렀을 때
천사의 기별 듣는다

그는 여기 안 계신다고
그러나 이 세상 어디에서든지
메시아를 사모하는 이들
누구나 다 그 아기를
모실 수 있다고

가이사랴 빌립보

가버나움이 바로 옆 동네니
그가 제자들과 함께 이곳 찾은 것은
베드로가 그를 메시아로 고백한 그 때가
처음은 아니었을 거다

무역상들은
헐몬 산 암벽에
신들 수대로 벽감壁龕 만들어
사고 팔 신들 진열하였지

암반 밑이
요단강 수원水原이니
다산 종교박람회 열기에
이 성혈聖穴말고
달리 더 좋은 곳 있었을까

달빛 아래서 풍요제사 지내면
태胎마다 반인반수半人半獸 아이들이

잘도 들어섰다

당신이 메시아인 것
아직은 비밀로 해야 한다고 타이르신
산정山頂의 변모變貌
종교시장 벽감에 진열되는 상품일 수 없었기에
앞으로 남은 그의 길은
처형장으로 이어지는 골고다 길이었으리

여리고 언덕˙

팔레스타인 서쪽 언덕
요단강 끝
해발 마이너스 400미터
지구에서 가장 낮은 지표면
사해死海 해변도시
여리고

파괴와 재건
되풀이 될 때마다
겹겹이 쌓인 퇴적물˙˙ 위의
여리고

열 천년을
폐허 무더기 덮고 또 덮으며 그 위에
거듭 거듭 새 도시 세워온
스물 세 층層 문명의 명멸明滅이
이십 미터 땅 속에 묻혀 있는
여리고

고고학자 캐털린 캐넌,
도시의 무더기 케이크 자르듯 발굴하여
한 눈에 그 흔적 보게 하는
만년萬年
여리고

지구 최초의 성곽도시,
동남쪽 모서리
20미터 흙더미 걷은 자리에
9 미터 높이 원주圓柱 성루城樓
옛 위용威容 남아있는
여리고

맨땅 처녀지 저 아래
성벽 처음 세워지고
천년이 열 번 지나 찾아온 길손
돌 위에 돌 하나 남지 않은

옛 언덕 흙더미 위에서
달(야레악흐) 빛에 젖고
옛 성곽 도시,
폐허에 흠뻑 밴 향(香 레악흐)에 취한다•••

•   여호수아 6:26
••   지질학적 용어로는 텔(tel)
••• '여리고'의 어원과 관련된 달(야레악흐)과 향(레악흐)

무화과 無花果

잔털 거친 표면
손톱에라도 찔리면 솟는 유액乳液
젖 물린 가슴

잎겨드랑이*에 달린 꽃이삭**
항아리 모양으로 자라
그 속에서 꽃들이
숨어서 피고 엉겨 뭉쳐 열매되니
꽃 없는 줄 알고
동양에서는 그것을 무화과無花果라 불렀다

요단 계곡 길갈
11,400년 전 옛 집터에서
화석化石 되어 발견된
지금도 옛 자태
그대로 보여주는 무화과 열매

인류의 첫 농작農作 과일
일만 년을 이어 경작해온 무화과
꽃받침에 쌓인 숨은 꽃
붉은 빛깔 꽃 과육果肉
일만 년의 도시 여리고에
아직도 그 향(香, 레악흐) 짙다

•   잎겨드랑이-엽액(葉腋). 종자식물의 겨드랑눈[腋芽]이 생기는 곳.
••   꽃이삭-화수(花穗)

사해 이름

유대인들 사이에서는
염분鹽分 많다고 염해鹽海*
팔레스타인 동쪽에 있다고 동해東海**
아라바 광야에 인접했다고 아라바해-海***로 불렸다
성경에서는 한 번도 "죽은 바다"로,
사해死海****로 불린 적 없지만
현대 지리학이 사해로 이름을 정한 다음부터는
성경 번역들도 현대의 대응어를 선택한다

아랍사람들 사이에서는
처음부터 "죽은 바다" 곧 사해死海*****라고 불렸고
달리, 롯 자손이 살던 곳이라고 "롯의 바다"******
소알에 가깝다고 "소알해-海*******라고도 불렸다

그리스 사람들은
그 바다에
역청瀝靑 재료가 들어있다고
"아스팔티테 호수"********라고 불렀다

하나가

체험에 따라

여러 이름으로 불린다

- 창세기 14:3 '얌 하멜락'
- 요엘 2:20 '얌 하미즈라키'
- 신명기 3:17 '얌 하아라바'
- 《새번역》의 "사해(死海 Dead Sea)"는 "염해(鹽海 Sea of Salt)"의 번역
- 알바흐르 알마잇'
- '바흐루 룻'("룻의 바다")
- "Sea of Zo'ar"
- Lake Asphaltites

사해死海 기록

요단강이 수원水源인 사해
더 거스르면 헐몬 산에 이르고
지중해 수표면보다 430미터 낮은
세계 최저 수표면水表面
깊이가 304미터
세계 최저 수심염호水深鹽湖
염분이 지중해보다 열 배 많은
세계 최고 염분함량 바다여서
동식물이 살지 못한다고 죽은 바다라지만
사해의 미네랄이 지닌
미용효과와
피부병과 류마치스의 치료 효과를 보면
건강을 되찾아주는 바다일지언정,
죽은 바다라고 하면 안 되겠네
아스팔트가 나와 이집트 사람들 그 걸로 미라 만들었고
거기에서 얻은 잿물로 비료도 만들었고
지금도 소금과 미네랄로 화장품, 향 가루 만들고

지난 세기에 한 때
남북으로 길이 70킬로미터
동서로 너비 20킬로미터였지만
벌써 우리 생전에
2013년 현재
길이 50킬로미터 너비 15킬로미터로 줄었고
수표면적도 2016년 현재
605평방킬로미터로 줄었다
얼마 안 가 바닥 드러날까 봐
사해를 공유하는
이스라엘, 팔레스타인, 요르단
세 나라 사람들
홍해紅海 물 사해死海로 끌어들여
두 바다 연결시키고
사해 수면 유지할 프로젝트 만들었다*

* 요르단이 구상한 대공사. 홍해 물 사해로 끌어들이는 해수운반 프로젝트(The Red Sea-Dead Sea Water Conveyance project), 2018년에 시작하여 2021년에 완성할 계획

쿰란 지역

사해 서북부 1.5킬로미터 내륙
메마른 유대광야 키르벳 쿰란*

1947년부터 1956년까지
배두인족 목동 동굴에서
두루마리 사본 발견한 후 10여 년 동안
열한 개 동굴에
「에스더기」만 제외된 구약 포함 9백여 개 고문서 사본
2천여 년 동안 부식腐蝕없이
보관되어 온 곳

고고학자들은 발굴단 이끌고 이 지역에서
지하 저수탱크,
공중목욕탕,
싸우나,
침례용 저수탱크,
식당,
회의실,

두루마리 기록실,

옹기가마,

망루望樓,

동굴 서고書庫,

천여 개가 넘는 은전과 동전 발굴하였고

마을 밖에서는

묘지도 일부 확인하였다

기원 전후하여

여기에 산 이들은 누구였을까?

특수 종단 신도들?

은둔처를 찾아 온 낙향 세력들?

별장 짓고 살던 부호들?

동쪽 요새의 군인들?

옹기 굽던 사람들?

전지轉地 요양療養이 필요했던 환자들?

사해
서북부에서

서남부에 이르기까지
여리고에서 시작하여
쿰란
무라바아트
엔 게디
나할 헤베르
마싸다에 이르는
사해 서쪽 해변 마을들
아직도 이 지역
탐사는 계속되고
관광지가 된 이곳
줄이어 찾는 이들
옛 흔적 더듬는다

* 　유대인들은 '쿰란'이라 부르고, 아랍인들은 '키르벳 쿰란'이라고 부른다.

사해사본 死海寫本

1947년
잃어버린 양 찾아 광야를 헤매던 목동
계곡 지나다가
절벽에 동굴 있는 것 보고
혹시 저기 양 숨어있지 않을까
그러나 굴에는 위험한 들짐승도 숨어있을 수 있어
밖에서 돌을 던져 보았더니
옹기 깨어지는 소리만 들리고
다른 기척 없다

깨어진 옹기 속에
가죽 두루마리 들어있다
거기에 쓰인 글씨는 그가 알 바 아니다
목동은 베들레헴 구둣방에
그 가죽 넘기고 돈만 받으면 되는 것
이사야서 포함된 제1 동굴 사본들
성서학자들 손에 들어가고
이것이 귀중 사본임을 알게 된

베두인 목동들, 양치는 지팡이 버리고
사본 들어 있을 동굴 찾는 것이 주업이 되고
고고학자들 쿰란 지역 발굴 시작하고
그 일대 낭떠러지 동굴 11개에서
900여 개 두루마리와
단편 사본 조각들 찾아내었다
우리가 가지고 있는
11세기 레닌그라드 히브리어 구약 사본과
사해사본 구약 비교해 보고
지난 두 천년 동안
히브리어 성경본문
정확하게 전달된 것 다시 확인한다

타자를 향한
사랑과 스스로를 향한 성찰의 노래

유성호 | 문학평론가, 한양대학교 국문과 교수

1.

민영진 목사의 새로운 시집《미안하다, 별들아!》는, 오랜 시간 뒤척여온 시간들에 대한 스스로의 촘촘한 사적 기억이자, 사제로서 견지하는 종교적 상상력을 통해 이른바 궁극적 실재 ultimate reality에 이르고자 하는 열망의 언어를 집약한 절실한 기록이다. 다시 말해 이 시집은, 신神을 향한 절대 긍정의 신앙과 시인으로서 가지는 고독의 분량이 균형을 이루면서, 우리에게 보편적인 인간적 실존을 구체적이고 선명하게 환기하고 있다. 두루 알다시피, '거룩한 것'the sacred은 감각적이고 구체적인 존재자들과 따로 떨어져 있는 것이고, 그 자체로 분리와 배제를 근본적 속성으로 가지고 있다. 하지만 그것이 절대적으로 분리된 개념이 아니고 상황에 따라 변이되는 상대적 개념이라는 것에 눈뜬 이는 종교적 국량에서 폭이 넓게 마련이다. 세속 경험의 차원과 확연하게 다르면서도, 그 안에 살고 있는 이들과의 깊은 관계를 통해서만 그 거룩함이 빛을 뿌릴 수 있음을 알기 때문이다. 민영진 시인은 그 거룩한 성품이 바로 자신 안에 있고, 나아가 타자들을 향해 아득하게 퍼져나감으로써 비로소 완성된다는 것을 적극 발견해간다. 융융하고 가없는 내적 동력이

자 심미적 언어가 가 닿은 깊은 사랑과 성찰의 경지가 아닐 수
없다.

2.
이번 시집에서 민영진 시인은 '시詩'를 통해 신성神聖을 탐색
하고 그 세계에 가 닿고자 하는 강렬한 희원을 지속적으로 보여
준다. 그 가운데 신성을 탐구하는 차원으로 시가 움직일 경우는
이른바 궁극적 관심ultimate concern의 탐색과 고백에 귀착되는 경
향이 강하고, 자신의 내면을 향할 경우는 그러한 궁극적 실재에
대한 깊은 관심이 여지없이 자기 회귀의 시선으로 돌아오는 때
가 많다. 뚜렷한 신앙적 표지標識를 거느리고 있다 하더라도, 그
것은 깊은 성찰의 언어로 거듭 재귀再歸하면서 결국에는 인간
보편의 속성에 대한 정치精緻한 탐구로 몸을 바꾸어가는 것이
다. 다음 시편을 먼저 읽어보도록 하자.

너희도 사람처럼 말하지?
소리로
몸짓으로
표정으로

너희가 글도 쓰던가?
수피樹皮를
긁거나 주둥이로 쪼아
흔적을 남기거나

너희가 다니는 길에
바위를 옮겨놓거나

우리 가운데는
밀림의 소리를 채보採譜하는 이가 있다
우주에 가득 찬 언어를 번역하는 이도 있고
삼라만상에 빼꼭히 적힌 글을 해독하는 이도 있고

주파수를 맞추면
들리는 소리, 보이는 모습은
이젠 이미 일상이지만

영원이 시간 속으로 들어오는
계시가 아니고서는
설명이 안 되는 사건도 있지
신화가 아니고서는
묘사가 안 되는 사건도 있지

― 〈사파리〉 전문

시인은 동물들도 사람처럼 말을 하고 글을 쓰느냐고 묻는다.
물론 그들도 소리나 몸짓이나 표정으로 말을 하고, 긁거나 쪼거
나 남기거나 옮겨놓음으로써 글을 쓰기도 할 것이다. 아니 그
가운데 "밀림의 소리를 채보"하거나 "우주에 가득 찬 언어를
번역"하거나 "삼라만상에 빼꼭히 적힌 글을 해독"하는 존재들

도 있을지 모른다. 이 '채보/번역/해독'의 직능은 "들리는 소리, 보이는 모습"을 넘어 신성 탐구에까지 이르는 과정을 은유하는 것이다. 그래서 그 과정에는 '계시'를 통해서만 설명할 수 있고 '신화'를 통해서만 묘사 가능한 사건이 있음을 시인은 강조해마지 않는다. 여기서 '채보/번역/해독' 과정은 사제 혹은 시인으로서 민영진의 존재를 투명하게 알려주는데, 아닌 게 아니라 그는 사제이자 시인으로서 우주 가득한 신의 말씀과 침묵을 탐색해가는 존재가 아닌가. 말하자면 '말씀=침묵'을 통해 현전하는 신을 해독하고 증언하는 과정이 곧 '사제=시인'로서의 그가 맡은 소임인 것이다.

여기서 우리는 그의 시편이 궁극적 실재에 대한 근원적 탐색과 함께, 신이 발화하는 '침묵의 소리sound of silence'에 대한 경험적 탐색을 동시에 수행하고 있음을 환하게 알게 된다. 그래서 민영진 시인은 비록 "빛으로 말하는 너희의 언어를/우리는 이해하지 못하는"(〈미안하다, 별들아〉) 경우일지라도, 온몸을 다해 그것을 옮기는 순연한 번역자로서의 기능을 다해간다. 그래서 비록 "한 언어에서 다른 언어로 옮겨도/번역은/말씀의 빙산 일각"(〈표류〉)이라고 겸손해하지만, 그는 불가피하게 "난생 처음 영어 문초를 받으며/통역이란 것이 있다는 것을 안 아이는/나중에 커서 성경 번역자"(〈범일동 아이〉)가 될 수 있었을 것이다. 신의 말씀을 번역하는 존재로서의 시인, 이것이 바로 민영진의 호환 불가능한 실존적 상像인 셈이다.

밀림의 나무들
말이 없이

늘 저기 저렇게 서 있으려니 생각하지만
장소이동도 못한다고 알고 있지만
태양과 더불어
바람과 함께
때로는 비하고도
한순간도 소통 그친 적 없고
동작 정지한 적 없지
뿌리들 땅 속에서 또 얼마나 바빴을라고
밤새 생기 머금은 나무는 어제의 모습이 아닌데
더러는 아침에 꽃을 피워, 그 향으로
싫어하는 것 멀리 쫓기도 하고
좋아하는 것 가까이 불러오기도 하지

- 〈나무〉 전문

　이번에도 밀림에서의 나무를 바라보면서, 시인은 그네들이
말없이 서 있는 것이 아니라 "태양/바람/비"와 더불어 한순간
도 소통과 움직임을 그친 적 없음을 노래한다. 뿌리들은 땅 속
에서 분주하게 일을 했고, 하루가 다르게 나무에게 생기를 부
여해갔을 것이다. 나무는 더러 아침에 피운 꽃의 향기로 누구
는 쫓아내고 누구는 불러들이기도 했을 것이다. 이처럼 나무의
생명력을 상징하는 여러 이미지들 이를테면 "소통/생기/꽃/향"
의 지속성과 역동성이 말하자면 나무의 본령이었을 것이라고 시
인은 노래한다. 그래서 시인은 "언젠가는 소통했을 그 언어"(《밀
림》)를 미처 깨닫지 못했던 적도 있지만, 이제는 그곳이 "새로운

생명으로/늘 다시 태어"(《와인랜드》)나는 말씀의 현장임을 깨닫고 있는 것이다. 결국 민영진 시인은 인간을 포함한 뭇 생명이 '언어'를 통해, '언어'의 해독과 번역을 통해 계시를 이해하고 받아들이는 과정에서 존재의 정점에 이르며, 나아가 분주하고도 역동적인 움직임 속에서 그 원초적 힘을 형성하고 있음을 바라보고 있다. 이때 시인은 그러한 실존적 모습이 '언어'를 통해 가능함을 말해주고 있는 것이다. 신의 섭리를 긍정하면서도 인간적 실존의 의미를 두루 발견해가는 과정이 참으로 아름답고 심원하다.

3.

　일반적으로 종교는 인간이 자신의 존재값에 대하여 깊이 묻고 따지는 데서 생기는 인간 실존의 한 사건이다. 그리고 그러한 탐색의 시선이 신성을 향해 확장되어가는 회로를 필연적으로 가진다. 신을 향한 열망은 또다시 자기 질문으로 순환하고, 그 해답을 좇아 인간은 다시 자신을 둘러싼 타자들의 삶을 돌아보기 시작하는 것이 온전한 종교의 과정이라 할 수 있을 것이다. 따라서 종교는 결국 타자와 스스로에 관심을 투사하는 일과, 궁극적 신성에 대한 관심을 동시에 가지게 되는 것의 양 측면을 아울러 이름하는 것일 터이다. 이번 시집에서 민영진 시인이 불러들이는 타자들 가운데는 가족으로 포괄할 수 있는 범주가 많이 눈에 띈다. 살갑고 점착력 있는 경험과 기억이 그 안에 농울치고 있다 할 것이다.

내가 깨어있을 때는
당신은 잠자고 있고
내가 춥다고 창문 닫으면
당신은 덥다고 창문 열고
이렇게 매사에 서로 안 맞는 것 보면
우리는 천생연분
모자이크가 되어 조화를 이루는
부부가 맞나보네

서로 다른 것들끼리 짝이 맞아야
그 조화 아름답다는데
해로 백년에
후손도
색깔 달리
모양도 달리 남겨
모자이크를 넓혀가야 하나보네

- 〈부부〉 전문

하나님의 숨
흙에 닿아 한 점 혈육
우주 바꾸고 몸 바꾸어
다른 하늘 다른 땅에서
일흔 두 해
이전 것 다

잊을 수 있었기에
듣고 본 것

다 지워버릴 수 있었기에
날마다 새 하늘 아래서
늘 새 땅 위에서
정신 놓지 않고
허락받은 수명을
나무처럼 살고 있다
그 아래에서는
어린 나무들이
하늘로 가지 뻗고
땅속으로 뿌리를 내리고 있다

― 〈만물의 어머니〉, 아내의 72회 생일에 전문

이미 다른 작품에서 "영원이 시간을 스칠 때마다/번쩍이는
섬광"을 느끼면서 "찰나 속에서도/영원 전과 영원 후를 왕래"(〈
알파와 오메가〉, 혼인 45년)한 소중한 기억을 아내와 나누던 시인은,
위의 시편들에서도 이러한 마음을 더없는 따듯함으로 보여준
다. 시인은 '부부'야말로 서로 결여하고 있는 것을 보완하는 천
생연분, 곧 "모자이크가 되어 조화를 이루는" 존재라고 고백한
다. 그야말로 "서로 다른 것들끼리 짝이 맞아야/그 조화 아름답
다는" 진리를 경험하는 것이다. 그러니 '부부'는 백년해로를 하
면서도 서로 "모자이크를 넓혀가야" 하지 않겠는가. 그런가 하

면 일찍이 "이웃별에서/빛을 타고 지구로 온 날"(〈동행(2)〉, 아내의 71회 생일)이라는 큰 울림의 표현을 남긴 시인은, 이번에 '만물의 어머니'로서의 아내를 노래하기도 한다. 가령 "하나님의 숨/흙에 닿아" 소중한 혈육으로 우주를 바꾸고 몸을 바꾸어 "다른 하늘 다른 땅에서/일흔 두 해"를 지탱해온 아내의 세월을 두고, "날마다 새 하늘 아래서/늘 새 땅 위에서" 나무처럼 살고 있음을 감사하고 있는 것이다. 나아가 그 나무 아래서 "어린 나무들이/하늘로 가지 뻗고/땅속으로 뿌리를 내리고" 있음을 바라보면서 시인은 부부가 지내온 시간, 곧 "어느새 48년/한 번도 생수 그친 적 없고/연한 금빛 포도주/동난 적"(〈가나에서〉, 혼인 48년) 없었던 시간을 소중하게 품어 안고 있다. 이처럼 부부 간의 아름다운 '모자이크'와 나무와도 같은 아내의 생애를 노래한 시인의 시선은 예쁘디예쁜 손주들의 모습으로 건너간다.

하임이와 나임이가
어미와 아비가
그동안 걸어온 살얼음판 말고도
다 같이 한 번, 혹은 두세 번은
더 넘어야 할 험산 준령
지나가야 할 죽음의 그늘 골짜기,
그 무렵엔 우리가
너희들 곁에 함께 있지 않을 터

아이들아, 너희가 걸어온 길이
생명(하임) 만드신 그분의 섭리 아니겠느냐

너희의 만남이 그분이 베푸신 은혜(나임) 아니겠느냐
너희 모두가 그분의 자비와 긍휼의 태胎에서
줄줄이 자매와 형제로 태어났으니
너희에게 생명(하임) 주신 분 찬양하거라
너희가 받은 기쁨(나임)은 함께 나누거라
살아있는(하임) 모든 것, 사랑하며,
즐겁게(나임) 사귀며, 기쁘게(나임) 섬기거라
함께 울고 ("웃지 마세요!" 함께 아파하며)
함께 웃고 ("울지 마!" 서로 다독이며)
우리 새끼들,
더불어 사는 온갖 이웃에게 복이 되거라
Be a blessing to others!

– 〈아이들아〉 전문

　　마지막 행의 "Be a blessing to others!"라는 축복의 말로
손주들을 기억하는 이 아름다운 시편은, "하임이와 나임이"가
살아가야 할 "살얼음판"과 "험산 준령" 그리고 "죽음의 그늘 골
짜기"까지 생명 만드신 분의 섭리임을 노래한다. 나아가 "너희
의 만남이 그분이 베푸신 은혜"임을 다시 한 번 강조한다. 그분
의 자비와 긍휼의 태胎에서 태어났으니 아이들의 이름도 각각
'생명(하임)'과 '기쁨(나임)'이 된 것 아니겠는가. 살아있는 모든
것을 사랑하고 기쁘게 섬기라는 권면 속에는 함께 울고 함께 웃
으며 "더불어 사는 온갖 이웃에게 복이" 되어갈 그녀들에 대한
가없는 사랑과 소망과 기도가 서려 있다. 이러한 사랑의 마음은

"하나님이 너희 안에서 숨쉬고 계시니/생명은 기쁜 것"(《모종》)이라는 고백이나, "너는 하나님이 쓰셔서 우리에게 보내주신/한 편의 시詩로구나"(《손자》) 하는 감탄 속에서 이미 구체화한 바 있다. 이처럼 민영진 시인은 가족들의 이름을 하나하나 부르면서, 그들의 삶과 시간 속에서 신의 임재를 충일하게 느낀다. 그들을 통해 상실된 '에덴Eden'을 회복하고 가장 아름다운 사랑을 실현할 수 있을 거라는 열망을 드러내고 있는 것이다. 그 마음의 핵심에 오랜 기다림 속에서 '때(카이로스)'의 주권을 소망하는 마음이 깊이 숨겨져 있음은 말할 것도 없으리라.

4.

종교에서 역사를 바라보는 관점은 그것이 신의 일관된 섭리의 결과라고 하는 해석에 근본적 토대를 둔다. 신은 자신의 뜻을 역사라는 현장에서 실현하고, 인간 또한 자신들의 삶 속에서 그분의 뜻을 깨우치게 된다. 이러한 상호작용은 '창조/피조'라는 분명하고도 생래적인 관계를 통해 세상과의 선한 싸움에 가속도를 붙인다. 그만큼 인간 역사는 신의 철저한 주관에 의하여 이루어진다. 민영진 시인은 신의 섭리와 자신의 실존을 대비적으로 묘사하면서, 선한 싸움을 통해 역사 안에서 세상의 고통을 치유하고자 하는 선명한 의지를 보여준다. 그는 자신이 이 땅에서 부여받은 '선생'으로서의 역할에 감사하면서도 그것을 충실하게 수행하지 못한 시간에 대해 성찰해보는데, 아래의 시편은 시인이 신성 탐색과 자기 구원의 에너지를 결속하여 치유의 열망을 담아낸 귀한 사례일 것이다.

감신대학 75학번 홈커밍
초대받은 다섯 노교수들 사이에
나도 끼어 있다
나도 한때 그들의 선생이었었다고

우리 주님 말씀에
제자가 선생보다 낫지 못하다 하셨지만
스무 해만에 당신들을 보니
주님 말씀하곤 다르다

부탁받은 덕담 한마디 하고 보니
제 버릇 못 버린 옛 선생
당신들이 여전히 학생인 줄 알고
일장 훈시를 해버리고 말았으니 미안할 뿐이네

당신들이 선생 안 닮고,
제자가 선생보다 더 나음을 보여주니
청출어람靑出於藍이란 말 옳아
못난 선생이어도 괘념치 않는다

우린 모두 학생이고
선생님은 오직 한 분 하나님뿐이라고 하신
주님의 말씀
애써 선생 되려 하지 말라고 한
사도의 충고

오늘 따라 더욱 사무친다

- 〈선생〉 전문

대학 홈커밍데이에 "한때 그들의 선생"이었던 시인이 이젠 '노교수'가 되어 그때의 학생들과 함께 참여하였다. 거기서 제자들이 선생보다 훨씬 낫지 않은가 하는 감회에도 젖으면서, 시인은 "부탁받은 덕담 한마디"를 한다. 이때 시인은 제자들이 선생 안 닮고 더 나음을 보여준다는 "청출어람"이란 말을 새삼 긍정하면서 "우린 모두 학생이고/선생님은 오직 한 분 하나님뿐이라고 하신/주님의 말씀"을 새겨본다. "애써 선생 되려 하지 말라고 한/사도의 충고"는 그래서 더욱 사무치는 금언이 아닐 수 없다. 이러한 경험과 지혜는 "인생의 막바지에 다다라서야 비로소 깨닫는"(《나물》) 것이지만, 시인은 오히려 "향기의 기억으로 당신 속에서 새롭게 피어나고"(《말리꽃》) 있는 겸허와 사랑을 고백함으로써 성찰의 진정성을 더하고 있다. 이 모든 것을 성숙하고 진중한 마음이 담긴 노경老境으로 불러도 좋지 않겠는가.

요셉이 마리아 나귀에 태우고
나사렛에서
사마리아,
예루살렘 거쳐
베들레헴까지 걸어 간
사 백리 광야길

그 가족 길 떠나기 한 해 전
페르시아의 점성가들
탄생할 메시아 뵈러
낙타 타고 나섰던 사막 길 1만 리

여인은 가축들이 지켜보는 앞에서
아기를 안전하게 해산하고
요셉은 아들을 여물통에 고이 누이고
목적지에 다다른 페르시아의 점성가들은
메시아를 경배한다

1972년 7월
대한항공 타고
도쿄에서 에어프랑스 갈아타고
아테네 공항에서 잠시 쉬었다가
텔아비브 벤구리온 공항 거쳐
예루살렘까지는 버스 타고
다시 거기에서 승합차로
하늘 길 이 만 리
베들레헴에 이르렀을 때
천사의 기별 듣는다

그는 여기 안 계신다고
그러나 이 세상 어디에서든지
메시아를 사모하는 이들

누구나 다 그 아기를
모실 수 있다고

  - 〈베들레헴〉 전문

 '베들레헴'은, 누구나 아는 것처럼, 아기 예수가 탄생한 곳이
다. 요셉이 마리아를 나귀에 태우고 '나사렛-사마리아-예루살
렘'을 거쳐 힘들게 도착한 곳이다. 그곳은 바로 전 해에 "페르시
아의 점성가들"이 메시아를 뵈러 걸어갔던 사막의 길이기도 하
다. 결국 그곳은 '해산'과 '경배'가 동시에 일어난 곳인 셈이다.
오래 전 민영진 시인도 "하늘 길 이 만리"로 베들레헴에 이르렀
고 거기서 "천사의 기별"을 들었다. 그 기별이란 다름 아닌 "그
는 여기 안 계신다"는 것, 그리고 "이 세상 어디에서든지/메시
아를 사모하는 이들/누구나 다 그 아기를/모실 수 있다"는 것이
었다. 그야말로 신의 부재不在와 편재遍在의 동시성을 그때 선연
한 음성으로 들은 것이다. 아마도 시인은 "당신이 옆에 계시는
그곳/내가 다시 눈뜨는 그 새벽은/새 세상에서 맞는/새 날의 시
작"(〈새 하늘, 새 땅〉)임을 절감했을 것이고, "체험에 따라/여러 이
름으로"(〈사해 이름〉) 불릴 수 있는 사제의 길이 "내 몸에 향이 되
어 들어"(〈말리꽃〉)오는 순간을 경험하기도 했을 것이다. 그렇게
'선생=사제'의 길을 오롯이 걸어온 민영진 시학의 근저가, 위의
시편들 속에 마치 존재론적 기원origin처럼 출렁이고 있다.

5.

최근 우리는 초월적이고 영적인 심층보다는, 물리적이고 감각적인 표층에 가치와 의미를 온통 부여하는 시대를 살아가고 있다. 흔히 디지털 시대라고 명명되는 이러한 사회적 기율과 관행은 우리의 몸과 마음속에 깊숙이 내면화해가고 있다. 그러나 이러한 시대는 삶의 오랜 정체성을 파괴하고 동시에 전통적으로 우리가 축적해온 가치에 대한 혼란을 드러내게 될 수밖에 없다. 이때 이러한 가치의 균열을 극복하려는 시적 전망vision이 필요하게 되는데, 민영진 시인의 시는 바로 이러한 치유와 극복의 언어로 구성되어 있으며, 나아가 신앙에 바탕을 둔 구도자의 시선을 통해 궁극적이고 근원적인 차원을 상상하는 언어로 짜여져 있다.

그 점에서 감각적인 것들을 넘어서면서 우리의 영혼을 충일하게 하는 민영진 시인의 이번 시집은, 신의 섭리를 긍정하면서 인간적 실존의 의미를 두루 발견하는 성실하고도 아름다운 과정을 보여준다 할 것이다. 이는 신앙적 자아를 통해 발화하는 신성 탐색의 과정과 함께, 신앙고백과 자기 구원의 언어로 나아가는 과정을 동시에 보여주는 시적 사건이기도 하다. 이는 타자를 향한 사랑과 스스로를 향한 성찰로 가득한 우리 시대의 영적 기록으로서, 민영진 시편만이 지니는 현재적이고 심층적인 의미가 아닐 수 없을 것이다.

해현경장 解弦更張

김기석 | 청파교회 목사

군이 프랙탈 이론을 들지 않더라도 오늘 우리가 살아가는 하루는 우리의 일생을 닮게 마련이다. 인생은 오늘의 점철이라지 않던가? "이 세상 뭘 하러 왔던고?/얼굴 하나 보러 왔지,/참 얼굴 하나 보고 가잠이/우리 삶이지." 요즘 들어 함석헌 선생의 시 '얼굴'이 자꾸 떠오르는 것은 그만큼 삶이 부박함을 면치 못하고 있다는 증거일 것이다. 가만히 앉아 살아오는 동안 마주쳤던 그 많은 얼굴들을 하나하나 떠올려 본다. 맑고 고운 얼굴, 따뜻하고 고요한 얼굴, 수심 가득한 얼굴, 비굴한 미소를 머금은 얼굴, 독기 어린 얼굴…. 그러다가 문득 다른 이들의 눈에 비친 '내 얼굴은?' 하고 생각하는 순간 마음이 아뜩해진다. 누구나 한 번쯤은 길을 걷다가 창문에 얼비친 자기 모습이 낯설다고 생각했던 경험을 하게 마련이다. 얼굴을 '얼의 골짜기'라고 설명한 분도 계시지만, 우리 얼굴은 정확하게 우리 내면을 반영한다. 옛날 초상화가들은 대상의 외모만 그린 게 아니라, 그들의 내면의 풍경까지도 그리려 했다 한다. 전신사조 傳神寫照가 그것이다.

말이 장황해졌지만 내게도 아름다운 얼굴이 한 분 계시다. 민영진 박사님(이하 민영진)이다. 20대 초반에 만나 60대에 이른 지금까지도 그 얼굴은 내게 시종 맑고 환하게 기억된다. 민영진은 학문의 즐거움과 엄정함을 가르치면서도, 학생들로부터도 배우려는 태도를 시종 견지하신다. 그런 학생 정신이야말로 그 얼굴에 깃든 맑음의 뿌리인지도 모르겠다.

몰강스러운 세태조차 민영진을 후락(朽落)의 자리로 이끌어가지 못했다. 어지간하면 열정 따위는 시드럭부드럭 스러질 연세임에도 불구하고, 삶에 대한 명징한 인식과 표현의 욕구는 줄어들지 않으신 듯하다. 성서신학자와 성경번역자로 살아오는 동안 누구보다도 언어에 예민하였기에, 그 여정이 시로 귀결된 것은 어쩌면 필연인지도 모르겠다. 시인들은 일상적인 언어를 재배치하여 놀라운 이미지와 의미의 세계를 드러낸다. 언어의 올가미로 영원을 잡아채는 것, 바로 그것이 시적 순간이다.

민영진의 시는 과잉을 모른다. 놀랍고 기발한 표현으로 독자들의 마음을 사로잡으려 하지 않는다. 심상에 떠오르는 것들을 관념으로 비틀거나 베일로 가리지 않고 직정적으로 그려낸다. 그렇다고 하여 나이브하지 않다. 그 언어는 정갈하고 고요하다. 성품이 시 속에서도 고스란히 드러난다. 그에게 시는 삶의 진실과 진정을 드러내는 통로이고, 삶은 시의 자양분이 된다. 지금 민영진에게 중요한 것은 가족과 일상의 성스러움, 성경, 언어 등이다.

민영진의 삶은 아내인 김명현과 함께 빚어온 작품이다. 그에게 아내는 "하나님의 숨/흙에 닿아 한 점 혈육/우주 바꾸고 몸 바꾸어"(〈만물의 어머니〉 중에서) 나타난 존재이다. 함께 걸어온 긴 세월을 민영진은 기꺼움과 고마움으로 돌아본다. 유학생활 중에 잃었던 태중의 아기에 대한 기억과 슬픔이 그 둘을 든든하게 이어주는 정서적 밑절미인지도 모르겠다. 어느 가정에서나 흔

히 일어날 법한 소소한 일상을 엿보며 슬그머니 미소를 짓는 것
은 그 속에 담긴 따스한 정과 유머 때문이다. 깔끔한 아내와 털
털한 남편, 추위 타는 남편과 더위가 싫은 아내, 사랑의 표현을
갈구하는 아내와 속마음을 잘 드러내지 않는 남편은 늘 티격태
격한다. 손톱 발톱을 깎다가 궤도를 이탈한 녀석 때문에 방청소
를 하던 아내에게 지청구를 듣고, 한밤중에 소변을 보고 변기
깔개를 내려놓지 않았다가 타박을 당할 때면 남편은 애꿎은 친
구들을 기억 속에서 불러낸다.

여보, 당신도 알지 그 친구,

거 왜 가끔 그 모임에 나오는 그 키 큰 친구
요즘, 손톱 발톱이 다 빠졌대
면역력 결핍증이라나 뭐라나
병원에서도 원인을 모르겠대, 멀쩡했잖아,
손톱 발톱이 없으니까
손가락도 발가락도 제 구실을 못하고
폐인廢人 같아 보여

- 〈손톱 발톱〉 중에서

여보, 당신, 내 친구 김 아무개 알지?
비만이라고 걱정하던
그 친구 요즘 소변을 못 본대
터질 듯 마려운데 안 나온다나?

그런데 정신을 차리고 보면
바지가 다 젖어있다나 뭐라더라?

- 〈쉬〉 중에서

나이 듦의 애잔함이 능청스러움과 버무려져 비극적으로 느껴지지 않는다. 이런 소소한 일상도 시가 될 수 있다는 것이 놀랍지 않은가? 장성한 자식들과 그들을 통해 이 세상에 온 그 놀라운 손님들을 바라보는 시인의 시선이 자못 따스하다. 그들은 존재 자체로 신비이다. 손자는 "하나님이 쓰셔서 우리에게 보내주신/한 편의 시詩"(〈손자〉)이고, 손녀는 "당신 품에 안고 있던 딸/예쁘게 키우라고 우리에게 맡기"신 존재(〈편지〉)이다. 아이들은 모두 하나님의 자비와 긍휼의 태에서 태어난 거룩하고 신비한 존재(〈아이들아〉)이다. 아이들은 생명의 신비함과 거룩함을 가리키는 징표로 우리 가운데 있다. 생명의 주인이신 분 안에서라면 늙어감조차 복이 아닐 수 없다.

하지만 회한조차 없을 수는 없다. 주어진 시간을 한껏 살아내기는 했지만, 어떤 일도 완전할 수는 없기에, 못다 한 일에 대한 회한이 그림자처럼 영혼에 드리우는 것은 누구도 피할 수 없는 현실이다. 말씀을 전하는 자로 성경번역자로 살아온 민영진은 맡겨진 직무를 온전히 수행하지 못했다는 자책감에 시달린다. 그는 하나님이 툭 치고 지나갈 때마다 익숙했던 모국어가 서툴러지고, 그 때문에 메시지를 적절한 언어로 바꿀 수 없었다. 그렇다고 하여 청중들에게 익숙한 구문론이나 문법을 지킬 수도 없었다. 할 수 없음과 하기 싫음 사이의 경계선에서 바장이다가 그는 자신이 "늘 모국어를 배반하는 설교"를 해왔다고 자책한다(〈날 건드리더라〉). 짐짓 해보는 겸양의 말이 아니라, 준엄한 자기 성찰에서 빚어진 말이다.

그는 "광야의 포효咆哮"가 되지 못하고, 볼모로 잡혀온 이후부터 "침묵한 덕분에/운 좋게도 도살만은 피했"(〈볼모〉)다고 말한다. 민영진은 '그래도 이만하면 잘 해온 것 아닌가' 하는 자기기만에 빠지지 않는다. 스스로 엄정한 심판관이 되어 자신의 허물을 폭로한다. 그는 "번역자는/오늘도/의미의 바다를 표류한다"(〈표류〉)고 노래한다. 말씀 속에 담겨 있는 의미의 심연을 드러낼 적절한 언어를 찾으려는 노력은 언제나 좌절될 수밖에 없다. 그럼에도 불구하고 그런 막막함을 견디며 그는 살아왔다. 이제는 시간이 많지 않다. 그래서 시인은 떠날 날을 바라보며 오늘을 산다. 인생의 마지막 날은 유예된 집행일 뿐, 그날은 시나브로 다가오고 있다.

울 때는 울면서 왔었습니다만
돌아가는 날은
당신을 부르며 갈 것입니다

당신께서 오라 하실 때
쇠약해진 이 몸 당신 품에 안기어
깊은 잠, 푹 들게 하여 주십시오

– 〈새 하늘, 새 땅〉 중에서

시인은 이제 세상의 모든 것들이 무정물이 아니라 하나님의 숨결이 깃든 것들임을 절감하며 만물과 소통하고 싶어 한다. 식물, 동물, 바위, 흙과의 대화를 꿈꾸는 것이다. 우주의 소리를 채집하는 사람처럼 그는 삼라만상에 빼곡히 적힌 글을 해독하고 싶어 한다(〈사파리〉). 그것은 인간의 오염된 언어 혹은 분절된 언어로는 할 수 없는 일이다. 언어 너머의 언어가 필요하다. 구상 시인은 마음의 눈만 뜬다면 "어느 곳에나 신비는 충만하고/어느 곳에나 생명은 약동한다.//베란다의 봄 국화가 시든 화분에/제풀에 돋아난 애기똥풀이나/그 옆 수챗구멍 질척한 쇠그물에/오물거리는 새끼 지렁이를 보려므나!//어느 곳에나 신비는 충만하고/어느 곳에나 생명은 약동한다"고 노래했다(〈마음의 눈만 뜬다면〉). 민영진이 당도한 세계가 바로 이 지점이다.

그에게 세계는 신비의 정원이다. 마음의 눈이 열리자 늘 밥상에 오르는 각종 나물이 희생제물임을 깨닫게 된다(〈나물〉). 몸 안에 들어와 우리의 몸을 이루니 말이다. 그렇기에 시인은 기억할 수 있는 모든 나물들의 이름을 호명한다. 호명 행위를 통해 그 나물들은 더 이상 하찮은 것이 아니라 생명 세계의 당당한 일원이 된다. 보아주는 사람이 있든 없든 때가 되면 피어났다가 때가 되면 미련 없이 스러지는 야생화 역시 그 생명 세계의 일원이다. "부레옥잠화, 금낭화, 물봉선화, 모싯대 꽃, 노루귀꽃, 등燈꽃…" 낯설기는 해도 그 귀한 야생화가 그곳에 있기에 세상이 온전하다는 사실은 얼마나 놀라운가. 그래서 시인은 은근한 소망을 피력한다. "구름패랭이, 꿩의비름, 말나리 꽃, 뻐국나리, 솔나리, 금꿩의 다리, 천일홍天日紅…/내 이름도 너희들 사이 어디쯤에 넣어볼까/다시 태어나는 날, 한번쯤은/너희들과 함께 야생초이고 싶다"(《야생화》).

해현경장解弦更張, 거문고 줄을 풀어 다시 고쳐 맨다는 뜻이다. 시와 더불어 그의 삶은 새로운 국면으로 접어들고 있다. 시작詩作은 그에게 다른 중요한 일들 사이에 부룩 박은 또 다른 일이 아니라, 성서신학자이자 성경번역자로 살아온 민영진의 삶의 여정 끝에 당도한 세계이다. 하이데거도 생의 말년에 시의 세계에 빠져들지 않았던가? 합리적 언어 혹은 학문적 언어로는 도저히 표현할 수 없는 세계, 오직 마음의 눈을 통해서만 보이는 신비한 세계가 그의 시를 통해 오롯이 드러날 수 있다면, 그로 인해 세상은 한결 풍요로워질 것이다. 상투적인 종교 언어에 식상한 이들의 눈이 민영진의 시를 통해 열릴 수 있다면 얼마나 좋을까!

일상에서 태어난 "시편"

김민웅 | 목사, 경희대 교수

구약학자 민영진 박사님의 시집이라, 하고 펼치니 〈나물〉이라는 제목의 글이 쓰윽 눈에 들어온다. 부인 김명현 사모님의 일갈에 의하면, 도대체 자신이 어디 가기라도 하면 밥상 하나 평생 제대로 차리지 못하는 남편이 참 걱정된다 하신다. 아내가 차려놓은 밥상을 마주한 남편의 시다.

"밥상에 오른 각종 나물을 보며/건강에 좋다는 생각은 했어도/이것도 희생제물이려니 하는 마음이 생긴 것은/인생의 막바지에 다다라서야 비로소 깨닫는다/평생 나물에게 신세를 졌으면서도/아끼는 몸속에 넣으면서도/가짓수는커녕 이름도 제대로 모른다//너희가 상에 올라와 그 자태를 드러내도/그게 다 그것이려니 싶어/인사도 제대로 하지 않고/무례하게 입으로 처넣기만 했는데/슈퍼에 드나들면서 너희에게 이름 있는 줄 비로소 알았다/비록 사람들이 지어준 것이긴 해도"

이어 줄줄이 나물 이름이 나온다. 평소에 별 주의를 기울이지 않고 지나친 것들에 대한 각성이 담겨 있다. 미안함과 함께. 평생 나물에게 신세를 져놓고는 이름조차 모르고 지내온 것을 깨우치는 것은 사실 인생관의 일대 격변이다. 우리가 살면서 그렇게 지내는 일이 어디 하나 둘인가? 그의 시집을 읽다보면 아하, 그렇지 하고 함께 그 마음을 나누게 된다. 유머 또한 빠지지 않는다. 〈부부〉라는 제목의 시다.

"내가 깨어있을 때는/당신은 잠자고 있고 /내가 춥다고 창문 닫으면 /당신은 덥다고 창문 열고/이렇게 매사에 서로 안 맞는 것 보면/우리는 천생연분/모자이크가 되어 조화를 이루는/부부가 맞나보네"

젊은 시절 꽤나 부부 싸움하셨지 않았을까 싶다. 세월이 흐르니 그것이 도리어 아름다움을 만들어내는 힘이라는 걸 깨우친다. 결혼 생활 50주년이 되셨으니 그 모자이크가 이제 제법 그럴싸해 보일 것이다.

1부 피조물, 2부 가족, 3부 초상 그리고 4부는 성지에 대한 글들이 수록되어 있는 이 시집은 민영진의 인생과 세계관이 담겨 있다. 〈문패〉라는 시는 민영진의 달관을 보여준다.

"날 떠난 너/흙과 물에서 노닐다가/문득 바람 속에서/낯익은 먼지 하나 만나거든/옛날 옛적이었다고 해라"

우리 모두 언젠가는 지상의 자신을 떠난다. 그걸 깨우치면 오늘의 아득바득은 사라질 것이다. 이런 마음이 곳곳에 담긴 민영진의 시를 읽는 건 일상에서 태어난 "시편"을 읽는 기분이 든다. 민영진 박사님, 날로 더욱 건강하소서. 김명현 사모님과 함께.

말씀은 다시 한 번 사람의 몸을 입고

한희철 | 성지교회 목사

오래 전 이야기입니다.

1978년 서울 냉천동 감신대에 입학하여 신학의 걸음마를 배울 무렵, 저는 선생님께 구약을 배웠습니다. 과목의 제목이 무엇이었는지, 몇 과목이나 되었는지를 제대로 기억하지 못하는 것을 보면 저는 공부와는 거리가 먼 학생이었습니다.

그렇지만 제가 선생님께 배운 가장 귀한 가르침이 있습니다. 목회의 길을 걸으며 내내 마음에 두고 있는 가르침입니다. 말씀을 대하는 태도입니다. 수도원을 연상시킬 만큼 강의실 분위기는 진지했는데, 말씀 한 구절을 읽는 모습을 통해서도 말씀을 허투루가 아니라 공손하게 대하시는 것을 느낄 수가 있었습니다. 살아 있는 말씀을 대하는 가장 마땅한 자세가 경외심이라는 것을 저는 선생님께 배웠습니다.

얼마 전 이야기입니다.

두어 해 전 감신대 동기들이 선생님 내외분을 모시고 남해를 다녀온 적이 있습니다. 세월이 흘러 학생들의 머리에도 서리가 내려앉았지만, 그날은 수학여행을 떠나는 학생들과 다를 것이 없었지요. 그날 우리는 밤이 늦도록 많은 이야기를 나눴습니다.

살아갈수록 모르겠는 것과 마음을 지치게 하는 것들이 늘어나는데 딱히 물어볼 만한 분이 궁했던 우리들이었습니다. 선생님은 우리들의 이야기를 경청했고, 진솔한 대답을 들려주셨고요. 경청과 진솔함이 가장 좋은 대답일 수 있겠다는 생각이 덤처럼 들었습니다.

이야기를 마감하며 드렸던 마지막 질문은 "그동안 가장 이기기 힘들었던 시험은 어떤 것이었나요?"였습니다. 선생님은 잠깐의 생각 끝에 대답을 하셨지요. "하나님의 말씀입니다." 의아해하는 우리에게 들려주신 이야기는 너무도 뜻밖이었습니다. "내가 가르치거나 전하는 말씀이 정말 하나님의 말씀인지, 아니면 사람들이 듣고 싶어 하는 말인지, 지금도 고민을 합니다." 세 번이라 하셨던가요, 말씀을 전하러 갔다가 쫓겨난 적이 '겨우' '세 번밖에 없었다'고 했을 때, 우리는 와락 웃었지만 제게는 너무나도 큰 찔림이었습니다. 얍복 나루에서 동이 틀 때까지 천사와 씨름을 했던 야곱처럼 평생 말씀을 붙들고 씨름을 하셨구나, 나도 모르게 선생님의 어깨에 눈길이 갔습니다.

오늘 이야기입니다.

선생님이 쓴 시를 읽습니다. 식물과 곤충과 동물, 온갖 나물과 야생화, 나무와 물과 공기, 심지어는 방사능까지, 그 모든 것을 향해 건네는 언어의 수화手話를 지나, 가족들에게 전하는 사랑의 인사와 축원을 지나, 마침내 〈초상肖像〉에 이르렀을 때, 저의 글 읽기는 점점 더뎌지다가 굳어지다가 마침내는 멈춰서고 말았습니다.

'텅 빈 여물통과 가득 찬 여물통'의 만남을 '즐거운 해후邂逅

《범일동 아이》라 했지만, 그 기가 막힌 역설에도 차마 웃을 수는 없었습니다. 피난 시절 먹을 것을 찾아 취사장 구정물이 쏟아지는 수챗구멍을 뒤지던 하얄리아 캠프, 기차에서 뛰어내릴 때를 놓쳐 결국은 군수품 도둑이 되고, 어쩔 수 없이 경험해야 했던 통역을 동반한 문초, 그 때 그 일을 성서 번역자로서의 첫 걸음으로 인식하는 모습 앞에서 말씀을 모시는 경험의 근원을 헤아리게 됩니다. 그것이 무엇이든 이 땅의 숱한 아픔과 상처와 모순을 말씀으로 품어 오신 이유를 짐작하게 됩니다. 마침내 그 마음은 말씀의 오지를 향하게 되고, 한국의 영진泳珍은 라오스의 영진永珍, '아잔 비엔티나'Mr. Vientiane란 빛나는 이름을 얻게 됩니다.(《영진》)

'무덤에서 돋는 연한 풀을 뜯어먹으려고 아무 데나 주둥이를 박는' '입이 말은 못해도 포식 기능은 완성한' 눈 먼 짐승과 다를 것이 없는 '풀 뜯는 설교자'는 영락없는 오늘 우리들의 자화상, 손사래를 치고 싶을 만큼 부끄럽고 아픈 초상이었습니다. 언제 찾아올지 모르는 죽음을 직시하며 한 자 한 자 적는 설교가 얼마나 웅숭깊고 향기로울까 싶은데도 밀려오는 메시지를 도저히 언어로 바꾸지를 못한다며 '내 설교는 늘 모국어를 배반한다'(《날 건드리더라》)고 고백할 때, '스스로 실성하여 침묵한 덕분에 운 좋게도 도살만은 피한'(《볼모》) 제물祭物로 자신을 자책할 때, '모세와 엘리야와 예수를 한 사람이 같은 시간에 같은 곳에서 만나는'(《장수》) 즐거움을 누릴 때, 평생 연구하고 기록해 온 자료가 헤아리기 어려울 만큼 많을 텐데도 저울에 올려놓으면 아무런 무게 없는 입김과 속임수로 돌리며 '날 떠난 너 흙과 물에서 노닐다가 문득 바람 속에서 낯익은 먼지 하나 만나거든 옛날 옛적이었다고 해라'(《문패》) 하며 평생의 수고를 흔쾌하게 비울 때, '번역은 말씀의 빙산일각水山一角'이어서 '의미의 바다를 표류'하지만 '이 작업도 힘겨울 때는 당신 품에 안기렵니다'(《생일유감》) 겸허하게 기도할 때, 시詩 속에 담긴 선생님은 다른 말로는 대체할 수가 없는 '말씀의 사람'입니다.

선생님의 시는 어느 순간 말씀으로 다가옵니다. 사람과 사물, 세상과 타자를 향한 아낌과 불쌍히 여김(긍휼은 '胎'와 어원이 같다고 하셨지요)이 고스란히 담겨 있기 때문입니다. 시와 말씀과 삶의 경계가 사라져 선생님 안에서 하나가 됩니다.

사람의 몸을 입고 우리 곁을 말씀으로 찾아오신 한 사람을 압니다. 그분은 말씀이 곧 삶이었고, 삶이 곧 말씀이었습니다. 평생을 말씀의 사람으로 살아오신 선생님, 그리고 시를 들려주시는 선생님, 저는 선생님을 통해 다시 한 번 사람의 몸을 입은 말씀을 봅니다. 사람의 몸을 입은 말씀이 얼마나 아름다운 것인지, 삶이 얼마나 지극해야 비로소 말씀이 몸을 입는지를 배웁니다. 시詩와 말씀과 삶이 얼마든지 하나가 될 수 있음을, 그리 되어야 비로소 삶이 온전해진다는 것을 따뜻한 웃음과 나직한 목소리로 일러주시는 선생님, 지구라는 행성에서 함께 살아가는 즐거움과 고마움이 이리도 큽니다.

미안하다, 별들아!

——

1판 1쇄 인쇄 2018년 4월 12일
1판 1쇄 펴냄 2018년 4월 20일

지은이 민영진
펴낸이 한종호
디자인 임현주
인 쇄 제이오

펴낸곳 꽃자리
출판등록 2012년 12월 13일
주소 의왕시 전주남이4길 17, 102동 804호(오전동, 모락산 동문굿모닝힐아파트)
전자우편 amabi@daum.net

Copyright ⓒ 민영진 2018

ISBN 979-11-86910-18-4 03810
값 10,000원